第二次战役

沁源县
脱贫攻坚纪实

政协沁源县委员会 / 编　　郭天印 / 著

山西出版传媒集团

三晋出版社

本书编委会

主　任

马建峰

副主任

郭黎明　郑曙林　张中武

编　委

（以姓氏笔画为序）

马国威　田春龙　李东辉

吴广义　张存辉　郭天印

韩文宏　韩晓辉　暴潞萍

　　2017年8月21日，沁源县县委书记金所军（右四）赴全县唯一贫困村——紫红村走访调研。县委副书记、县长连树斌，副书记申秀琴，县委常委、县委办主任黄贵河，县委常委、常务副县长胡亚明，副县长暴安宁，政协副主席郑曙林一同参加

　　2020年5月10日，县委副书记、县长徐计连在紫红村万紫千红电商线下服务体验店指导工作

2017年10月20日，沁源县副处以上领导在"沁源县冲刺脱贫摘帽冬季大会战誓师大会"主席台上

2017年6月6日，李元镇教育扶贫"手拉手"基层结对帮扶活动现场

2019年9月26日，山大一院、沁源县人民医院、沁河镇卫生院联合开展义诊活动

全县就业扶贫
用工签约活动现场
（沁源县体育馆内）

法中乡友仁村村民在黑木耳种植基地劳作

官滩乡崖头村
问家峪董拴庆夫妇
参加中央电视台
"喜上加喜"全国
脱贫脱单百对新人
婚礼活动

扶贫公路通到了家门口（韩洪乡习王坪村）

紫红村移民新村全貌

山 西 省 人 民 政 府

晋政函〔2018〕117 号

山西省人民政府
关于批准阳曲等 12 县退出贫困县的通知

各市、县人民政府，省人民政府各委、办、厅、局：

按照中共中央办公厅、国务院办公厅《关于建立贫困退出机制的意见》及中共山西省委办公厅、山西省人民政府办公厅《关于山西省贫困退出实施办法》有关规定，经县级申请、市级初审、省级部门评价、省级第三方评估检查、整改专项检查和社会公示，阳曲县等 12 个省定贫困县均达到贫困县退出的相关指标，符合贫困县退出标准。经研究，批准阳曲、平鲁、山阴、柳林、昔阳、沁源、沁水、陵川、乡宁、安泽、夏县、闻喜退出贫困县。

特此通知。

2018 年 9 月 7 日

（此件公开发布）

2018 年 9 月，山西省人民政府批准沁源县退出贫困县

长治市扶贫开发工作

先 进 集 体

长治市脱贫攻坚领导小组
二〇一八年三月

2018 年 3 月，长治市脱贫攻坚领导小组授予沁源县
"长治市扶贫开发工作先进集体"称号

（以上图片由沁源县扶贫办、县融媒体中心、县交通运输局提供）

目　录

引　子

　　《第二次战役》，之所以想到这个书名，是因为在我的头脑中，古今中外的战争史上，著名战例举不胜举，本人也曾做过一些功课，但真要我举出一例可称之为唯一不可替代的对于战争全局具有决定意义的硬仗，却非我中国人民志愿军在1950年11月间发动的"第二次战役"莫属。因为无论从哪个层次上来说这都是一次具有决定意义的战役，一个足以成为战争教科书的战例。这一战可谓因艰苦而辉煌，因出人意料而备受瞩目。这一战，我中国人民志愿军在普遍不被人看好的情况下，在军事实力对比明显处于劣势的情况下，将"二战"以来几乎战无不胜的美帝国主义者从不可一世的巅峰拉了下来，并最终使其不得不接受一次没有胜利的停战。第二次战役，可谓二战以来世界战争史上的奇迹，正是它，彻底地扭转了敌我双方对战争的判断与战场上的态势，鼓舞了中国人民和全世界爱好和平的人民对以美国为首的帝国主义者敢于反抗、敢于胜利的决心和信心。第二次战役，以其不同于以往任何战争的特殊性而值得我们铭记。

同样，21世纪20年代，发生在我的家乡山西省沁源县的一次"脱贫攻坚战役"在某种意义上来说，也正是另一个层面的"第二次战役"。当然，之所以这样来称呼沁源一县的脱贫攻坚，还因为正是在这里，在这深藏于太岳腹地的山水之间，就在并不遥远的70多年前，还发生过另外一次足以震动世界，足以青史留名的战役——沁源围困战。

那同样是一次让沁源人骄傲一千年的光辉战役。在抗日战争最艰苦的年代，在1942年10月到1945年4月整整两年半的时间里，仅有8万人口的沁源，在八路军决死队38团、25团各一部的配合下，对敌作战2730次，毙伤敌伪4200余人，致使敌人在占领主要城镇的情况下，却长久地未能建立起伪政权。整个沁源，在此期间连一个当汉奸的都没有。这也成为整个抗日战争期间令许多人至今无法置信的一个真实的"神话"。而"沁源人没有当汉奸的！"也从此成为沁源人在精神世界里不可磨灭的强大支柱。

然而，当我们在回顾辉煌历史的时候，却不得不面对一个残酷而令人有些尴尬的现实：伟大的沁源围困战胜利已经70多年过去了，而我们美好的家乡，我们山青水绿的家园却依然不得不在自己的头上戴有一顶"贫困"的帽子。事实正是如此，尽管多年以来，我们已经做出了足够多的努力，取得了足够多的成绩，曾经残破不堪的旧山河在中国共产党的领导下，在沁源人民的勤奋建设下，早已旧貌换新颜，2549平方公里的土地上已经实现了现代工业、现代农业和交通运输的初步繁荣，纵向地比，沁源确实成就斐然，但是如果和外界，和我国改革开放的前沿地区横向比较，你就会发现差距甚大，某些地方差距大到令人瞠目。譬如说，就在全国高速成网，而高铁也逐渐普及的当今，沁源这个革命老区竟然截至2018年年末的时候仍然是一个"四无"之县，无高速，无高铁，无民航，甚至无国道。交通相对落后的现实，其实反映的是经济水平的滞后。（所幸，就在笔者开始为写这部报告文学而广做采访的时候，欣闻有关沁源的第一条高速公路兰青高速——长治至延安连接线山西境内黎城至霍州段——正式开工了，而沁源县境内的两条主要公路也由省道改为国道，相信，这种名称上的改变终将会为沁源带来真正能够称得上"国道"的那种通衢大道。）山明水绿，但游客数量有限；资源丰富，但外销渠道受阻。而更能说明这一点的是，早在2001年，新世纪刚刚到来的时候，沁源这个曾经扬名全国的抗日模范县就被中共山西省委和山西省人民政府确定为省级重点扶持贫困县。也就是说，在经过抗战胜利70多年的建设之后，沁源这块革命老区仍然没有摆脱贫困。

贫困已经成为压在沁源人民和当地政府头上的一块千钧重石！

沁源人民在最艰苦的年代里以不怕流血牺牲，不畏艰难险阻的大无畏精神战胜了武装到牙齿的日本侵略者。他们不缺勇敢精神，不缺勤劳斗志，不缺聪明才干，难道就不能战胜横亘在太岳山头的那块贫穷之石，不能享有和他人一样的繁荣富强吗？不！决不！

想当年，沁源人民是在中国共产党的带领下，创造了二年半围困战的伟大胜利，同样，在面对贫困这个既老又新的"敌人"的时候，沁源人民和他们的领导者，他们的领路人——中共沁源县委县政府再次横下一条心，一定要战胜贫困，一定要在最短的时间内摘掉贫困这顶帽子！

这里，我们有必要先了解一下那当时摆在沁源一县的当家人们面前的现实：以2014年层层核实的情况而言，16万人口的沁源就有建档立卡的贫困人口5472户12159人。这些贫困户分布在全县247个行政村,贫困发生率为9.31%,这其中又有一个行政村——官滩乡紫红村为整体贫困村。

应该说,面对如此大的贫困发生率,中共沁源县委县政府和全体沁源人民已经为摆脱贫困而做出了艰辛的努力,2014年,全县脱贫1088户3016人,2015年脱贫549户1507人,2015年底开展精准识别"回头看",确定仍有贫困人口3835户7636人。经过2016年一年的努力,当年脱贫1260户2544人,也就是说,截至2016年年底,还有贫困户2575户5092人。这意味着,从2014年到2016年,三年的脱贫攻坚,全县脱贫工作取得了相当可观的成绩,但剩下的这个数字,这将近一半的贫困户和贫困人口才是最难啃的硬骨头,真正的"攻坚"将从这时开启!

中共沁源县委和县政府给自己定出了一个令很多人感到是异常艰难的攻坚目标:2017年,一年攻克这最后的堡垒,一年实现全县脱贫的伟大目标!

回过头来看,中共沁源县委和县政府之所以敢于提出这样的目标,之所以能够有这样的胆魄,之所以能够真正实现这看起来难以兑现的承诺其实有着他们自己的底气,有着他们赖以自傲的资本,那就是,沁源是一个具有光荣革命传统的老区,沁源人民具有融化在血液之中的听共产党话跟共产党走的优秀品质,将近一个世纪以来沁源的党组织和人民代代相传,具有不怕困难迎难而上,敢于斗争敢于胜利的传统和办法。

于是,一场伟大的攻坚战役开始了。为了实现这一战役的全面胜利,中共沁源县委和县政府以精兵强将投入到战役中来的同时,首先在思想上对广大党员干部尤其是脱贫攻坚一线的党员干部进行强化教育，为此，组织县处级领导干部和各乡镇县直有关部门负责人到全国最著名的脱贫攻坚示范县——焦裕禄同志曾经战斗过的地方河南兰考去学习取经。可以说，兰考之行，对沁源干部是一次灵魂深处的洗礼，也是一次突击冲锋前的动员。焦裕禄同志那段足以感天动地的誓言："活着我没有治好沙丘，死了也要看着你们把沙丘治好，拼上老命大干一场，决心改变兰考面貌。"令所有到兰考去的沁源干部无不动容！而在焦裕禄精神的激励下，当今的兰考干部群众脱贫攻坚的干劲和兰考干部下乡一周"五天四夜"必须坚守农村，实施"谁来帮，怎么扶，如何退"的精准脱贫攻坚措施和接受第三方评估后于2016年年底实现脱贫摘帽的兰考范例，也令所有到兰考去的沁源干部无不暗暗在心中发誓：一定要把焦裕禄精神和先进的脱贫经验带回沁源，沁源不脱贫，决不下"火线"。

也正是在兰考之行后，一系列的文件方案相继出台：

《沁源县"十三五"脱贫攻坚规划》；

《沁源县决战决胜脱贫攻坚实施方案》；

《推进产业扶贫确保稳定脱贫实施意见》……

2017年4月底，经过一段时间的筹备决策之后，县委县政府在县体育馆召开了脱贫攻坚的千人誓师大会，给各乡镇授旗帜，分任务，成立沁源县脱贫攻坚总指挥部。

总指挥部领导成员如下：

总指挥：连树斌（时任县委副书记、县长）

副总指挥：申秀琴（时任县委副书记、政法委书记）

张文波（时任县委常委、纪委书记）

尚高明（时任县委常委、宣传部部长）

王宇红（时任县委常委、组织部部长、

统战部部长）

黄贵河（时任县委常委、县委办主任）

胡亚明（时任县委常委、常务副县长）

暴安宁（时任副县长）

孙建政（时任副县长）

李共和（时任副县长）

李建萍（时任副县长）

张中武（时任县政协副主席、林业局局长）

成员则由县直各有关部门领导和各乡镇党委书记组成。

与之相适应的，成立了沁源县脱贫攻坚总指挥部办公室，由县扶贫办主任韩文宏同志兼任办公室主任，此办公室与县扶贫办实行合署办公。

大会之后，由县直各机关单位抽调精兵强将组成的扶贫工作队和第一书记进驻各村，从这个时候起直到2017年年底，整个脱贫攻坚战役胜利结束，这些人，这些投身于脱贫攻坚伟大战役的战士们，可以说是全身心地投入到火热的战斗中去，他们无疑是沁源县脱贫攻坚战役取得最终胜利的功臣和英雄。

应该说，沁源的脱贫攻坚在这个时期是取得了相当重要的成绩的，但是，缺点和差距也是存在的。这年5月，在长治市就脱贫攻坚而组织的一场观摩检查中，观摩团的同志们就尖锐地指出，沁源的脱贫攻坚尽管成绩是明显的，但考虑到2017年年底将要迎来由第三方进行的全面评估，现行的各项政策措施能否确实落实到位，能否达到群众的满意度还有待于实践的检验。

2017年8月21日，新任中共沁源县委书记金所军走马上任。

上任伊始，金所军在县委大楼办公室的椅子没坐热就一头扎进了全县唯一的整体贫困村——官滩乡紫红村。在这里，新书记深入到每一户贫困家庭，探寻这些人家真实的致贫原因，寻找可以使他们走出贫困的方法道路。也就是从金所军来到沁源的那一天起，他的工作日程几乎每一天（只要在县里）都要从凌晨五点半开始，干什么？下乡去，到沁源县的2549平方公里的每一个角落去调查研究，而当早上八点人们上班的时候，这位县委书记又必定准时出现在县委大楼他应该出现的地方。在笔者对他身边工作人员诸如司机、秘书等人的私下采访中，这些人可以说没有人不对他们的书记满肚子意见：

"这个人，简直就是工作狂。"

"咱书记啊，来沁源两年，比我这在沁源呆了半辈子的人都熟悉沁源。跟他跑，你就没有公休日，也甭想什么8个小时上下班，当然也没加班费。嘿，亏大发了。"

"跟着领导满山跑，减肥不用再吃药。"

意见归意见，但倘若你说把他或他调离现在的工作岗位，那他们可一定不答应。因为他们心疼他们的书记，他们知道这个人之所以废寝忘食夜以继日地奔波于这青山绿水之间，并不是为了看沁源引人入胜的风景，而是在为这片土地上的人民尤其是那些仍然挣扎在贫困线上的人们谋求福利。他们为有这样一位书记而高兴，愿意与之同甘共苦，愿意与之栉风沐雨。

正是从群众中来，在基层考察中，金所军认识到，沁源有沁源的特色情况，同样是脱贫攻坚，兰考的精神自然应该奉为经典，但在具体的作战方案上，一定要立足于沁源的实际。沁源地域广阔，只有16万人口，却有着2549平方公里的山山水水，而兰考虽然只有1116平方公里的面积，却有着约90万的人口，是典型的人口密集型地区。沁源要想把兰考那一套成功的经验整体套搬，恐怕还真不一定适用。因为我们没有那么丰富的人力资源，也没有人家那么好的交通条件。但是，沁源自有沁源的优势，这就是，沁源人民具有经过沁源围困战而锤炼出来的那么一种精神，发扬当年围困战精神，打一场脱贫攻坚的人民战争，就是沁源无与伦比的特色和优势。

那么，当年围困战的精髓在哪里呢？在于人民战争，在于对敌人的围困。而其中的关键又在于分区作战，在于广大的人民群众在共产党的领导八路军的配合下将地域广袤的沁源分为几个区域来独立作战。区与区之间形成一种既密切配合又相互竞争的"友军"关系。

茅塞顿开！在理清了头绪之后，2017年9月6日，沁源县脱贫攻坚推进会召开。正是在这个会上，金所军直陈某些干部的懒惰思想、守旧思想和畏难情绪要不得，生搬硬套兄弟地区先进经验的简单教条要不得。他响亮地指出："我们沁源今年要脱贫摘帽只剩下4个月了。时不我待，就要用改革的思维、创新的办法去破解补差距、补短板的难题，就要记住'超常规'！总书记曾在多个场合讲过'盖有非常之功，必待非常之人'，也就是要建功立业，要有非常之功，必须有非常之人。这个非常就是'超常规'。"

他还指出，习近平总书记 6 月 21 日至 23 在我省调研时，省委骆惠宁书记在代表省委向总书记汇报中讲到"打不赢脱贫攻坚战，就对不起这块红色的土地"。同样的，打不赢沁源的脱贫攻坚战，我们就对不起沁源这块红色的土地。

新书记的讲话令到场的干部尤其是脱贫攻坚一线的干部群情振奋，摩拳擦掌。而县委县政府的决战策略也很快便拿了出来。

考虑到沁源地域广阔的实际情况，也为了充分发挥县委县政府和县人大县政协四大班子等处级领导干部的集体智慧，借鉴沁源围困战时期将全县划分为几个战区以便于作战便于指挥的传统，沁源县委县政府决定将全县划分为 3 个战区，县委书记县长担任战区总指挥，县委副书记、县人大主任和县政协主席分别担任南北中三个战区的战区指挥长。沁源在全县范围内打响脱贫攻坚的围困战总攻。

2017 年 10 月 22 日，战区正式成立，分片区作战，分片区竞赛，全县上下形成了合力攻坚。

这样的规模，这样的气势，这样的组织形式，这样的作战方法，这是向革命历史致敬！是的，分片区作战，打人民战争，这个光荣传统本来就是沁源人民之所以能够取得沁源围困战伟大胜利的法宝！想当年沁源人民正是在中国共产党的领导下，以誓死不做亡国奴的牺牲精神，以甘洒热血写春秋的战斗意志，全民皆兵，全民抗战，谱写了一曲可歌可泣的英雄战歌，创造了一部足以传世、足以自豪的沁源围困战光辉史册，而今，当他们面对贫穷这个对手与伙伴的时候，他们同样是在中国共产党的领导下，运用同样敢于牺牲，敢于奋斗的精神，全面攻击，全面动员，又有什么样的敌人不能战胜，什么样的奇迹不能创造呢？

这场战役的结果其实在战斗开始的时候就已经不难预见，当然其间必定会有许许多多的故事，但沁源人民终于迎来了他们用心血和意志凝铸的那个结果：2018年9月7日，在经过极其严格的评选审定之后，山西省人民政府发布通知，批准2017年度计划摘帽退出的12个省级贫困县，沁源位列其中。经市级初审，省级评价，第三方评估检查，沁源县综合贫困发生率为0.05%，低于2%的贫困县退出标准，群众认可度为99.18%，高于90%的要求。从此，沁源成为长治市首个，山西省首批脱贫摘帽县。

这是一个伟大的胜利，对于曾经创造过沁源围困战奇迹的沁源人民来说，脱贫摘帽的胜利同样令人振奋，令人骄傲，因为，这是一个长久以来不曾实现的梦，而今，他们实现了。也正因为如此，我们可以说，沁源脱贫攻坚的伟大进程本身就是沁源人民所经历的在经济上实现彻底翻身的"第二次战役"。

第一章

红色、绿色与彩色

当我们在为沁源人民的脱贫攻坚战役取得决定性胜利而欢呼的时候，有必要了解一下这个县的概况和她的历史。

按照百度的说法，沁源地处山西省中南部，太岳山东麓，是一个标准的北方县份，但沁源在所有的北方县份中又属于绝对的特例。2549平方公里的地域内有着210万亩的优质林木，森林覆盖率超过56%，这还不算面积同样可观的113万亩优质天然牧坡。沁源不仅林木葱茏，而且水资源丰富，这在中国北方同样罕见。沁源之所以名曰沁源，乃是因为沁河发源于此，而在水资源普遍恶化的今天，沁河却以其优质无污染而成为难得的一景。举一个最具说服力的例子，经环保卫生部门严格检验，沁河在沁源境内是可以直接饮用的。仅此一点，沁源的环境之圣洁已经可见一斑。也正因如此，近年来，沁源连续获得了一系列的荣誉：

中国最具投资潜力中小城市百强县（2014—2018）；

中国深呼吸小城100佳（2012—2018）；

中国生态魅力县；

中国避暑休闲百佳县；

国家森林康养基地建设试点县；

中国天然氧吧（2019）；

第三批国家生态文明建设示范县（2019年，环境生态部）……

沁源的美，沁源的绿，不仅让沁源人倍感自豪，也让外地来的朋友对这个地方甚至连带对山西刮目相看，来过一次就上了瘾，非叨叨着要来第二次第三次第N次不可。这里不妨举两个人的例子，这二位说起来也是不大不小的名人了。一位是我的好朋友，深圳海天出版社原社长、深圳市记者协会主席旷昕，另一位是广东省中山市政协主席、诗人兼词作家邱树宏。在2018年的时候，旷、邱两位也算见过大世面的人物前后脚走访了沁源，而且是自由自在的游玩，不是跟团被别人牵着鼻子走。老实说，据二位亲口和我说，到沁源之前，虽然耳中早已被有关沁源之美的各种风灌得头晕，但真实的想法却是半信半疑，因为他们经历的事情太多了。旅游差不多是这样：许多地方，你不去，那是相当的后悔，不见庐山真面目心有不甘；可是假若你当真为一些传闻所惑去了，才更加后悔，名不副实、言过其实的多了去了。有一个笑话：一次某商学院考试，其中一题，找出一个你认为最好的饭店招牌，答案居然是：上一当。所以无论旷昕，还是邱树宏，在一定程度上其实是抱着"上一当"的心态来到沁源的，可是，当他们在离开沁源的时候，对他们的朋友们，当然也包括笔者在内所说的最真挚的一句话居然是一样的："我一定会再来的！"

实际上，旷昕回到深圳不到一周时间就给我发来邮件，约定来年春暖花开，将会组团前来，重游沁源，当我问他是私人组团还是集体出游时，老旷的回答是："这么说，也许是两个团喽。"而作为诗人的邱树宏回到中山以后，仍然激情难抑，不久便在百忙之中写出了一组唯美唯幻的诗歌《沁源绿，绿沁源》，我们在这里不妨欣赏几句：

> 这是不一样的表里山河，
> 这是不一样的三晋大地；
> 巍峨太岳山站成一颗绿色的宝石，
> 一水悠悠流淌出沁源美丽的名字。
> 走过亿万年的灵空山峰，
> 礼拜九杆旗的圣寿古寺；
> 赫赫菩提山一殿连起佛道儒三教，
> 铿锵花鼓打出秧歌小曲的故事。
> 来吧！请你来到绿色沁源，
> 啊，我要送你一片亲友绿，
> 送你一个绿色世界绿色梦想，
> 送你一个绿色生命的神奇。

沁源之绿，沁源之美，可见一斑。绿色之外，沁源还以其红色闻名于世。这里，我们只说两件事，一件是，在抗日战争最艰苦的年代，沁源人民坚持抗战决不投降，创造了沁源围困战的伟大奇迹，在整整两年半的围困战期间，8 万人口的沁源为着民族的独立自由和解放，1 万人投身到八路军决死队，全民抗战，付出了 1 万人的牺牲和将近1万人的伤残，可歌可泣。而且，在这样残酷的斗争中，在最极端困难的条件下，沁源人宁死不当亡国奴，全县8万人，竟然没有一个当汉奸的。为此，当时的中共中央机关报延安《解放日报》在1944年1月17日专题发表了《向沁源军民致敬》的社论。社论指出："模范的沁源，坚强不屈的沁源，是太岳抗日民主根据地的一面旗帜，是敌后抗战中的模范典型之一。"在整个抗日战争的漫长过程中，中共中央机关报为一县而发表社论，这是唯一，因此这也当然是沁源人民的骄傲。另一件事，也和这个社论有关，那就是在社论发表后不久，1944年5月，沁源小伙孙炳文作为时任中共绥德地委书记兼独立第一旅政委习仲勋同志的警卫员，跟随首长到延安枣园开会时，偶遇毛泽东同志，当毛主席得知孙炳文是山西沁源人时，脱口而出："好啊，沁源人，英雄的沁源，英雄的人民。"作为全党全军的最高领袖，在面对一个普通战士时，能够说出"英雄的沁源，英雄的人民"这样的评价，当然不是心血来潮，随口一说，而是渊源有自。须知，当时《解放日报》的社论，基本上都是主席亲自审定，甚至亲自写就的。这也说明，沁源人民坚持抗战决不投降的钢筋铁骨已经在伟大领袖的头脑中留下了深刻印象。

除了绿色与红色之外，沁源还有着肥美的土地，包括红土黄土和黑土，可谓多彩的土地。而这多彩的土地所带给人们的则是一个五彩缤纷的世界。厚实而多彩的土地给了沁源人以农耕时代最优越的条件，沁源人也最珍惜这生长万物的土地。如果你留心，便会发现，沁源的山上长满了树，但这树大多是长在山石之间。沁源有句谚语叫作"一块石头四两油"，这话你还真别不信，你到沁源最著名的景区——以亚洲油松之王"九杆旗"而闻名天下的灵空山，去亲身感受一下便可领略。那石头不知怎样地滋润了油松，一棵棵地从石头缝中钻出来，长成了参天大树。也就是说，沁源的绿色其实并不全是建立在土地上的，沁源的土地是舍不得拿来种树的（当然是用来种庄稼了）。在沁源，但凡不种树的地方（除去那些很少的纯石头山），你随便拿镢头刨个坑，扔进去种子便不愁秋天的时候回报你丰硕的果实。与此种情况相对应的则是另外一句沁源方谚："刨个坡坡，吃个窝窝"，这窝窝乃指窝窝头，本是沁源人主要的食品之一。都说三年自然灾害时全国不少地方饿死人，可在沁源，无论官方的记载还是民间的传说，没有一例饿死人的事件发生。究其原因，根本一条就是此地可刨的"坡坡"太多了，要想活命，只需你勤劳一点。也正因为如此，还是在那个时候，甚至更早的民国时期，只要黄河一泛滥，只要天下一大旱，便有成群结队的灾民从山东、河南、河北、安徽等省份跑过来，逃荒要饭讨生活。而沁源的黄土地确实也给他们提供了休养生息的优越条件。也正因如此，现如今的沁源人口成分中，"外地人"也就是当年逃荒上来并最终留在沁源的人和他们的子孙占到最少四分之一。举一个例子，二十世纪七八十年代，笔者还在村里当回乡知青和一介村干部的时候，光我们那个村子就有24户约200人"外地人"，而我们那是一个拥有160多户，700多人口的行政村。沁源多彩的土地固然好，但沁源自古以来的相对封闭、农耕为主造成整体上的不富裕（没钱花），而一个时期以来经济发展的不平衡又造成了县域之内的"贫富不均"。从名义上说，沁源是煤炭大县，能源大县，每年仅原煤产量就达一千几百万吨，尽管能源市场几起几落，总体上讲，能源还是带动了全县经济的高速增长，但是，这个发展就县内区域来说却尤其是不平衡的。譬如，以2017年的经济状况来说，这一年，全沁源地区总产值136亿元，人均产值83472元，按当年平均汇率计算，人均产值达到12363美元。根据国家有关部门公布的数据，2018年，全国人均产值为9509美元，而山西省人均产值为6850美元，即使我国经济最发达的广东，全省人均产值也不过13058美元。这也就是说，如果从整体上讲，当时的沁源已经不能说贫困，但经济发展的不平衡则造成了有那么一些地方不仅贫困，而且是相当严重的贫困，而那些整体上比较富裕的乡镇村庄，也确实存在有贫富不均导致的贫困现象。譬如沁源唯一的整体贫困村——官滩乡紫红村，它为什么就成了这个"唯一"？

要说起来，紫红村的贫困你从表面上看是不存在的，起码不是那么明显的。因为它有着还算丰饶的土地，老百姓打下的粮食不仅自给有余，而且品质优良，种类丰富，各种杂粮无所不有。但也就是前面我们说过的那个老问题，作为农耕时代的村庄，它至少是不会整体贫困的。但是，问题也就出在这农耕二字上，时至今日，这个村子的老百姓基本还在信守着半个世纪前的经济观念，除了种地，一无所长。全村没有一个哪怕是小一点儿的企业，也很少有人外出打工。人们呢，不缺吃不缺喝，只是没有钱花。这个状况如果换作半个世纪前，自然不能算差，甚至还要说挺好。可是时代变了，有吃有喝不代表你就不穷，而国家自有其关于贫困户的标准。譬如现行精准扶贫的标准就是"一达标、两不愁、三保障"，即：

一达标：农民人均家庭纯收入达国家现行扶贫标准；

两不愁：不愁吃（含安全饮水）、不愁穿；

三保障：义务教育、安全住房、基本医疗有保障。

以紫红村的情况来说，最基本的不愁吃不愁穿是能够达到的，但其他几项就有问题。因为没有其他收入，首先那就不可能有大规模的房屋改造，这个村子农民的住房在脱贫攻坚战役打响之前，基本都是50年前的老房老院，看起来干干净净，但走进居民家中你就会发现，这里真的还停留在几十年前，唯一"值钱"的大约就是各家各户炕上颇有近代色彩的"炕围子"（墙围画），地上摆的，大多只有实木做的"连二柜"，炕上放的则几乎都是已经裂缝的小方桌。至于如今在沁源农村已不稀罕的私家车、拖拉机、摩托车、电动车，在这里恰恰就是稀罕之物。因此，在这样的村里你要谈"三保障"，那就有点不着边际。而事实也正如此，这个村在2016年精准扶贫回头看的时候，经过几次三番的核算，全村96户，符合贫困标准的就有60多户。面对这样的情况，早在2016年的时候，沁源委县政府县就决定对这个村进行整体移民，把旧村留下来，改造为旅游项目，新村建在距离旧村不到两公里的地方，这也是考虑到村民故土难离的情结。新村已经建好，水（自来水）、电、气（天然气）一应俱全，一色的二层小洋楼，家家户户还在房顶安装了光伏发电装置，那可真是没得说的好事情。要说，这样的条件，移民应该不成问题了吧？偏偏不！有的村民死活就是不在搬迁协议上签字。村干部劝说不顶事，住村第一书记动员还不顶事，甚至乡长来了也不买账。这是为什么呢？就因为老人们故土难离，而年轻人则在和你算经济账。因为这是整村搬迁，而根据政策，贫困户每人补贴金为25000元，这个钱，不仅搬家有富余，即使给新家置办整套家具也没有问题。可是，在紫红村除了60户贫困户之外，还有30多户非贫困户。可是你要说这些非贫困户就比贫困户富裕多少，那也还真不好说。原本大家的经济基础就差不多，而现在政策规定，非贫困户的补助金每人只有15000元，他们就会感到自已凭空吃了 10000 元的亏。如以一个家庭 4 口人计算，那这个亏就吃大了。面对此情，驻村扶贫干部、第一书记和乡党委书记郭晓力、乡长黄晓艳费尽九牛二虎之力才把这些乡亲的工作做通，解决的办法当然也是话分两头，一方面做思想工作，直面陈述搬到新村的好处和国家在这方面为包括非贫困户在内的每一个家庭所付出的代价，希望大家能够珍惜这次不容错过的机会；另一方面则在经济上也想一些办法，在不突破国家政策的基础上，县乡两级政府联系企业赞助一些，对那些非贫困户另做一定的经济补偿，使大家一起感受到党和政府的温暖。结果，就在 2017 年行将结束、新的一年即将到来的时候，紫红村实现了整村搬迁。而当村民们住在敞亮温暖的新房，享受到现代生活的种种便利后，大家当初对干部们的些微怨愤就完全转变为对党和政府的一派真诚感谢。还是那些当初有意见的人首先提出，然后由村民们共同附议，紫红村全体村民给中共中央习近平总书记写了一封信，衷心感谢党的扶贫政策，感谢这个时代带给他们的新生活。而当旧历新年到来的时候，他们又将一副表达自己心声的对联亲手镌刻在村口的一块大石头上：

共产党恩情深似海

总书记功德在千秋

对于沁源来说，紫红村的情况是一个特例，因为全县只有这一个整体贫困村。而事实上，这样的情况却并非个例，只是规模不同，程度不同而已。这就提出了一个问题，即如何达到共同脱贫致富的问题。我们的党，我们的政府是为全体人民服务的，我们的目的是带领全体人民摆脱贫困，走向富裕，这是我们党多年以来奋斗的目标，也就是我们的初心。仅仅是一部分人的先富起来，那只是一种过渡的手段，而不是我们的终极目标。我们要逐渐解决经济发展的不平衡的问题，那些富裕起来的地方，那些富裕起来的个体，也有责任去尽自己的努力帮助仍然处在贫困线上的人们。

第二章

历史、现实与未来

关于脱贫攻坚，应该说自1986年国务院成立贫困地区经济开发领导小组（即后来的扶贫办）以来，就始终把它放在一个相当重要的位置，我们的党，我们的国家，始终没有忘记带领全中国人民走向富裕和安康。从那以后，省以下各级扶贫机构的设立也相应地促进了扶贫工作的进行。当然我们也必须看到，脱贫不是一日之功，推倒贫困这座顽固的大山不是一朝一夕之事。任何一个地区，任何一个家庭，造成贫困的原因固然有一定的共性，却也有着各式各样的个性。这就形成了脱贫工作在实践上的反复性与长期性。加之这项工作开展的初期在方法上缺乏经验，也存在急功近利的问题，其结果就是国家的钱花了不少，脱贫的效果却未见明显。也正是针对这种情况，党的十八大以来，党中央更加高度重视脱贫攻坚工作，2015年6月18日，习近平同志在贵州召开的部分省区市党委主要负责同志座谈会上强调："扶贫开发贵在精准，重在精准，成败之举在于精准。各地都要在扶贫对象精准、项目安排精准、资金使用精准、措施到户精准、因村派人（第一书记）精准、脱贫成效精准上想办法、出实招、见真效。要坚持因人因地施策，因贫困类型施策，区别不同情况，做到对症下药，精准滴灌，靶向治疗，不搞大水漫灌，走马观花，大而化之。"

2017年6月23日，习近平同志在全国深度贫困地区脱贫攻坚座谈会上又指出："扶贫干部要真正沉下去，扑下身子到村里干，同群众一起干，不能蜻蜓点水，不能三天打鱼两天晒网，不能神龙见首不见尾。"

还是在这次会议上，习近平同志又指出："要改进工作方式方法，改变简单给钱、给物、给牛羊的做法，多采用生产奖补、劳务补助、以工代赈等机制，不大包大揽，不包办代替，教育和引导广大群众用自己的辛勤劳动实现脱贫致富。"

沁源的脱贫攻坚，正是在党的十八大路线和习近平同志有关脱贫攻坚一系列讲话精神的指引下节节推进的。2016年8月，在中共沁源县第13次代表大会上，县委就向全县人民庄严承诺，并向中共长治市委郑重保证：2017年，坚决打赢脱贫攻坚战，确保沁源一县提前3年摘掉省级贫困县的帽子，保证现有贫困人口和唯一的贫困村紫红村稳定脱贫。也正是为此，2017年伊始，县委县政府便抽调221名科级干部、248名优秀后备干部派驻到254个行政村，真正投入到脱贫攻坚的第一线去。也就是说，从这个时候起，战斗在脱贫第一线上的干部便再也不能像曾经有过的那样做脱贫工作：只是给村里想办法搞资金，搞项目，给贫困户送牛送羊送米面，甚至给他们打扫院子洗衣服……这一次的扶贫，就是要像习近平总书记所说的那样，开始一场真正的攻坚作战。这之后，虽然情况略有反复，但战斗在脱贫攻坚第一线的党员干部和广大的人民群众真正做到了始终没有放弃，没有气馁，没有等待，没有牢骚满腹。而随着2017年8月以后县委县政府对这项工作、这场战斗的更加重视，特别是2017年10月22日，沁源县"冲刺脱贫摘帽冬季大会战"拉开帷幕，一场宛如当年沁源围困战的对敌人的最后总攻开始了。

这是一场必须打赢的硬仗，时间短，任务重，军情紧急，攻坚作战的部队当然必须过硬，必须具有舍我其谁的意志，必须具有一不怕苦、二不怕死的精神。时间虽然已经过去了将近两年，但是，说起当时那场硬碰硬的攻坚战，好多亲历者依然情绪激动。

马建峰，沁源县政协主席，也是这场攻坚作战中北部战区的指挥长。他的辖区，涵盖整个沁源一县的北部四大乡镇，这里是沁源县内海拔最高的地方，也是全县经济发展最不平衡的地方。这里有着沁源县五大企业中的三家大型企业，千万富翁、亿万富翁当以数十计，许多在这几家企业工作的人员，日子过得那是相当富足；但是，这里的贫困人口却并不比那些纯农业区少，表面上看，人均收入是高高在上，早就脱贫了，可你必须承认这其中有不少人是"被脱贫"的。马建峰在基层多年，对这些情况可谓了如指掌。脱贫攻坚，责任重于泰山，作为一个战区的指挥长，马建峰自觉绝不能托大，而是一头扎进基层，把自己的指挥部建在处于四个乡镇中心的王陶乡政府，他自己则自打战区成立的第一天起就将整个身体扔在战区，整个战役进行期间，从2017年10月到2018年1月，除了极少数几次进"城"开会，几乎就没有回过县委家属院那个"家"。而我们可以查证的记录显示，在这将近4个月的时间里，马建峰这个指挥长其实真正待在他那个"指挥部"的时间加起来也不过两个星期，其他时间都干吗去了？都在基层，都在老百姓的身边，都在贫困户的家里，和他们促膝谈心，和他们拉呱家常，和他们一起收割庄稼，和他们一起清扫院落。而这样做的结果，也使他和整个北部战区更早更详实地了解到当前脱贫攻坚所面临的难点和重点，那些"明碉暗堡"到底在什么地方。譬如说，"贷资入企"本是政府为帮助那些确无经济来源，也无劳动能力的贫困户解决稳定经济收入的一招好棋妙棋，也就是由政府贴息，为企业贷款，然后由企业还贷，而在放贷期间所产生的红利则定向分配给那些没有经济收入，也没有劳动能力的深度贫困户，譬如"聋哑呆痴傻"五类人。这确实是一项好政策，既可保证深度贫困户的经济收入，助其尽快脱贫，又可保证金融单位不会产生呆账坏账，一举两得。然而，在实际操作中，却总会遇到一些障碍，在马建峰所统帅的北部战区就出现了这种情况：在王陶乡，有两户绝对贫困户，一户39岁，一户41岁，这两人也就是两户，均无行为能力，年龄也在规定所允许的范围之内，可就是贷不上款，原因是什么呢？马建峰亲自过问，原来，信用社内部有个规定，无行为能力者不允许贷款。怎么办？马建峰为此特地与当地信用社的上级部门沟通，在认真学习和落实政策的前提下，使信用社确认这种贷款人实际上并非无行为能力者本人，贷款最后也一定能够回收，这才解决了问题，包括这两户在内的那些无行为能力者也最终得到这笔贷款所能为他们带来的经济利益。在人们的印象中，政协主席这个位置基本就是个半"闲差"，平日里搞搞调研，听听民意，一年到头主要的精力也就是开开每年一度的省市县三级两会而已。然而，马建峰这个主席却绝不是如此，在他的带动下，整个沁源一县的政协也常态化地处于一种"临战状态"。由政协抽调下去担任第一书记和驻村干部的几位同志在全县扶贫工作队历次评比中也都取得了优异的成绩。由这样一位既有基层工作经验，又富有高度责任心的同志担任一个战区的指挥长，沁源县委县政府可谓选人准确，用人得当。

当然，在这样一场攻坚战中，像马建峰一样的领导干部又何止一二，同为战区指挥长的南部战区指挥长县委副书记申秀琴，中部战区指挥长县人大主任王宏斌就毫不逊色。

县级领导如此，作为脱贫攻坚战役的主攻力量，乡镇一级的干部理所当然地承受着更大的压力，也做出了更大的奉献，更大的牺牲，在这一群人里，时任赤石桥乡党委书记李飞就是典型的代表。

李飞，1973年出生，1992年参加工作，1995年加入中国共产党，2016年担任赤石桥乡党委书记。这时候的赤石桥是个什么状况呢？我们前面说过，沁源是个能源重化工当家的重点产煤县，但它的煤炭资源主要集中在县域的西半部，而县域之东半部则属于纯粹的非煤炭产业区，在这些区域，林业和农牧业是当家产业，这也为这些地方带来了绿水青山好风景的美名，遗憾的是，好风景没有带来好"钱景"。赤石桥山上的20万亩森林确实诱人，历史上靠山吃山的当地人确实是靠这一山之绿来养家糊口的，但在今天，在举国上下环保意识日益增强的时代，这绿水青山理所当然就成为不能轻动更不能砍伐的保护对象。若有人要"吃"它，不说别人，赤石桥乡的老百姓就和你过不去。更何况，农耕文化的长期习染熏陶，也使得这里的人们更习惯于在土里刨食，不求富有，只求平淡，日子过得下去就行了。所以，当李飞来到赤石桥乡上任的时候，面临的情况是，全乡2857户中就有建档立卡的贫困户216户315人，贫困户占比竟然高达7.6%，相当高。

李飞在赤石桥乡的日子并不很长，但这却是他生命中最沉重的日子，也是人生征途中最后的一段历程。让我们回过头来看一下这位乡党委书记在这一年零两个月中所留下的血色轨迹吧：他在赤石桥乡任上总共440多天，就有410个日夜吃在乡里住在乡里，和乡亲们摸爬滚打同甘共苦在乡里。"在岗一分钟，就要尽责60秒"是他写在办公室书桌上的座右铭，在来到赤石桥乡之前的一次体检中他就发现了脑部有肿块，但李飞明白，组织上将他这个具有25年乡镇工作经历，曾在5个乡镇任职，且每到一处都留下很好声誉的"老乡镇"来担任这个贫穷之乡的第一把手，那就不仅是信任，更是把这个乡的脱贫大计交给了自己。在这个脱贫攻坚的关键时刻，作为第一把手，无论如何都不能离开自己的阵地。他顾不上去更上层的医院去治疗，只是在县医院开了一大包药物，然后用药物来使自己坚持下去。

在此期间，李飞只用不到一个月的时间就走访遍了赤石桥乡19个行政村的216户深度贫困户，在每一个贫困户里，他努力了解实情，寻找问题，同时也和他们共同寻找解决问题的方法道路。在笔者的采访中，李飞的好伙伴，时任赤石桥乡乡长，现任郭道镇党委书记的孙晓晔深情回顾：李书记总是把群众的利益放在第一位，把贫困户的问题摆在第一位，冬天，这里天寒地冻，李飞首先想到的不是办公室的冷暖，而是乡敬老院和学校有没有送上暖气，并安排乡长孙晓晔亲自监督把燃煤送到这两个地方的锅炉房。脱贫攻坚中最重要的一个问题是住房要有保障，因此改造贫困户的房屋就成为整个战役中不可忽视的一个环节。在此类问题上，李飞当仁不让，担当了第一责任人。危房改造面临两大问题：一是原材料紧张且价格上涨；二是经费有限，工队难找。李飞为了解决这两个问题，亲自跑到砖厂去，和人家磨牙算账，硬是在原本就已经是市场最低价的基础上每块砖砍下来

3分钱。可别小看这3分钱，83户贫困户，全乡248户（包括一些非贫困户）危改房，加在一起这就是几万元省下了。几万元不算多，但对于整个危房改造来说，它所示范的意义却非同寻常。有了原材料，李飞又深入到全乡19个行政村去，动员各村自有的工匠师傅组织起来，在县里派出专门人员进行技术指导的情况下，承担起本乡危房改造的施工任务。这样做，既保证了工程进度，又为本乡民众拓开了工程承揽的新路子，增加了经济收入，真正使"肥水不流外人田"。全乡的贫困户在2017年年底到来之前全部住进了宽敞明亮、设备齐全的新房。

李飞坚信，农业生产也能使老百姓发财致富。为了解决本乡缺少工副业，经济发展多年来遭遇瓶颈的老问题，他因地制宜，将自己多年来在农业乡镇工作的知识积累和工作经验发挥到极致，联系资金和技术指导，帮助乡亲们组建了具有相当规模的联众农业生产合作社，用大棚种植香菇等农作物。在这个"新生事物"成长的过程中，李飞每天都对它投以必不可少的关注，早上一起床就要先到大棚逛一圈，还美其名曰是晨练，其实作为同事和朋友，孙晓晔明白，李书记那就是利用这仅有的"空闲"去对这个新生事物倾注自己的关心，同时也帮他们解决一些实际问题。结果，联众的香菇产业在赤石桥开花结果，当年就取得了不错的经济效益，销售收入80余万元，利润也有30多万元。而与此同时，这家合作社又在中草药、花卉、草莓、油牡丹种植等方面全面开花，形成了八大农产品共同繁荣的局面。

还是在李飞一力倡导下，一种"资金变股金，农民变股东，收益有分红"的资产收益模式使169名绝对贫困户有了稳定的经济收入，也使得"龙头产业（合作社）+村集体+贫困户"这种创新分红模式得到了稳定和壮大，真正为脱贫攻坚闯开一条坚实的路子。而由李飞亲自开创的这种模式也在全沁源县域内得到广泛的推广。

李飞在赤石桥乡的时间只有短短一年零两个月，但他带给这里的变化却是这里的老百姓永远难忘的，因为这种变化是带有根本性的，翻天覆地的变化。这一年，全乡 216 户精准贫困户 266 人人均增收 3500 元以上，从此摆脱了贫困；这一年，李飞力促在全乡建设了深度贫困户光伏电站，仅此一项，又使贫困户户均增收不低于 3000 元以上。而所有这一切，倾尽了李飞全部的精力。

李飞就是这样，把全部的心事，全部的精力都投入到脱贫攻坚的最后决战当中，对于贫困户，他什么都想到了，而在此之外，他不管不顾，尤其是，他完全没有想到自己的身体。2017 年 11 月 14 日，这个让多少赤石桥乡民永远难以忘却的日子，他们的好书记李飞就在自己的工作岗位上，因脑出血突发，虽经多方抢救无效，因公殉职。这一天，距离赤石桥全乡和沁源全县脱贫攻坚战役的胜利结束只有 56 天。

李飞同志逝世之后，中共沁源县委和中共长治市委先后发出了《向李飞同志学习的决定》。李飞无愧于太岳山的儿子，无愧于中国共产党的优秀党员，无愧于在脱贫攻坚战役中冲锋在前的勇士。李飞的榜样也带动了激励了整个沁源全县奋战在脱贫攻坚第一线上夜以继日战斗着的广大干部和人民群众。还以李飞所在的赤石桥乡来说，就涌现出了许多继承其遗志，在脱贫攻坚和其后的新农村建设中担重责创奇迹的优秀干部。

史云彪，2017 年 4 月担任赤石桥乡姚壁村第一书记。在脱贫攻坚时间最紧张、任务最艰巨的日子里，是和李飞共同战斗过的。对于李飞，史云彪感触最深的一件事并非关乎于政策法规等方面的大事，而是看起来十分细微的一件小事。就在李飞去世前整整一个月那一天，李飞来到史云彪所在的姚壁村来检查贫困户危房改造进展情况。当他来到因病导致深度贫困的闫虎龙家中时，发现这个家庭连一件像样的家具都没有，而闫虎龙本人因为腿疾，行动不利索，而这个家里却没有一件可以让他随意坐卧的椅子凳子之类。李飞看在眼里，记在心上，临走不忘和闫虎龙说了一声："老闫，我得想办法给你弄套沙发。"这话人家书记说也就说了，闫虎龙并没有当回子事，史云彪也是左耳进右耳出，没有在意。可是谁知道，当天下午两点左右，李飞电话打过来了："老史，麻烦你找辆送货车，到乡政府来把我让人刚刚收拾好的一套沙发给老闫送去装好。我实在没时间，拜托你了。"

史云彪愣住了，这个李书记，立竿见影，说话真算话啊。赶紧找车，自己开上去乡政府把那沙发拉上，一打听，这宝贝还真是李飞早上回来后亲自找人换了几根横梁，又把自己在家用的毛巾被改造成沙发套给改头换面做出来的，看起来就和七成新的差不多。其实，全乡政府的人都知道，这套原先放在会议室里的沙发，起码已用了20多年，前段时间刚从会议室撤下来。那当时本已是让人家回收旧家具的给拉走的，李飞看见了却硬给拦下来，谁知道现在他倒派上了正经用场。正是从这之后，原先总想着脱贫攻坚战役一过便要返回县城的史云彪才算真正铁下心来，立志要把姚壁村变个样儿，绝不轻言离开。这个第一书记，不仅要使姚壁脱贫，更要使姚壁致富，让它早日迈进小康。还是这个史云彪，在2019年3月的一场因山火导致的抢险灭火战斗中，硬是迎着浓烟烈火把全村群众转移到安全地带，而他自己则坚持留在空空如也的村子里，冒着大火随时可能烧过来的危险，每天在村子里一面巡查，一面替乡亲们喂养不可能带走的鸡猪牛羊兔，还给它们打扫卫生，扑洒消毒剂之类。为了让转移到县城和郭道镇上的乡亲们放心，他还要将为每一户村民喂养牲畜的视频现场发给他们。整整7天，史云彪简直就是一个铁甲金刚全能战士，等到大火扑灭，烟雾过去之后，乡亲们返乡，再看他们的第一书记，整个儿瘦了一圈，黑得就像刚在非洲染了色似的，可院里的圈里的鸡猪牛羊兔却一个个滚瓜溜圆，欢蹦乱跳。乡亲们打心眼里感谢党培养的好干部，有几位老大娘刚拉住这位朴实的第一书记的手，眼泪已经滴到了地上。

孙晓晔，当初是和李飞乘同一辆车到赤石桥上任的。李飞任书记，他任乡长。可以说赤石桥乡的脱贫攻坚，赤石桥乡的面貌突变，孙晓晔和李飞一样亲力亲为，一样感同身受。在一年零两个月的时间里，两人也一样的"白加黑""五加二"，一样看到了脱贫攻坚战役胜利的曙光。可以说，孙晓晔是李飞最为倚重的战友和同事，也是他最为信得过的朋友和兄弟。那一天，他们两人是在彻夜商讨脱贫攻坚战役最后收官的战略战术后迎来黎明的，而当太阳升起的时候他们又要到县里去开会。两个人连早饭也没来得及吃，只是在食堂揣了两个馒头之后便准备上车赶往县里。赤石桥距离县城上百里路，李飞任何时候都是说走就走，雷厉风行。可是这一次，李飞临到上车了却说："老孙，我得上个厕所。你等着，快。"

可是这一等就是十来分钟，孙晓晔突然感到不对劲，跳下车跑到厕所去，才发现李飞已经蜷缩着似乎半瘫在地上。看见孙晓晔，李飞只是说："老孙，看来你得给我请个假，乡里的事你先担着。"

孙晓晔赶紧叫人把李飞抬到车上去，一边立即往县医院赶，一边给医院打电话。他怎么也想不到，此一去，竟是两位战友的永别。

孙晓晔没有辜负李飞的希望与寄托，赤石桥乡的脱贫攻坚如期完成，他兑现了承诺。孙晓晔本人也离开了那块倾尽了心力的土地，来到沁源县内除县城外最大的集镇——郭道镇担任镇长。想不到的是，孙晓晔刚刚来到郭道，这个镇上的党委书记就另有任用被调走了。于是，新镇长成了党委政府一肩挑的"双头凤"。郭道可不同于赤石桥，这里地处县域中心，地广人稠，经济发达，自古以来就是连接四面八方的通衢大镇。从一个几乎是纯农业的乡镇来到这样的工商经贸比重剧增的经济重镇，原本就有一种压力，偏偏在这个时候党委书记荣调，孙晓晔的担子有多重，可能只有他自己知道。然而，这还仅仅是开头，是序幕。就在这位新镇长刚刚把镇上的工作吃透理顺，正想甩开膀子干一场的时候，还是我们前面说到的那场大火从天而降。大批的救援队伍从四面八方涌到郭道镇上。原本只有五六千居民，设计容量也不过万人的这个镇子，一夜之间涌入了一万多人的队伍，上千台各式车辆，还有多架沁源人几十年从未见过的直升机（为这些直升机必须赶建停机坪）。这两万人要吃要喝，要住要行，车辆和直升机也要运行，停放，都是新课题，都是大问题。别的不说，这么些人每天所产生的生活垃圾得有多少？原有的那几十个环卫清洁员就不是捉襟见肘的问题，而是完全不够。那天晚上，孙晓晔和整个郭道镇党委政府那几十号人忙得陀螺转，那十多天，孙晓晔真把自己一个人当十个人使唤，尤其前几天，几乎就没有睡过觉。但他和他们一班人换来的是所有参加了这次火灾救援行动的解放军武警和消防官兵以及各路应急部队众口一词的高度赞誉。以至于后来在参战部队中流传开一句著名的"谚语"："不到沁源，不知什么是军民鱼水情，不到沁源，不知什么是人民子弟兵。"这话中所体现的军民鱼水情，在很大程度上应该说和郭道人民密不可分，也和孙晓晔这个一肩两挑的镇长密不可分。可是，当笔者前去采访这位镇长时，孙晓晔只是淡淡一笑道："这算什么，比起李飞，我们只不过是做了自己应分的事情，如果连这点也做不到，那我岂不太对不起那段岁月了。"

正是因为有了这样一批人，这样一批敢想敢干能干拼命干的干部，有了中共沁源县委县政府分区作战的正确方略，沁源的脱贫攻坚工作在2017年仅剩4个月的时间里突飞猛进，扎实前进，步步逼近，终于迎来了胜利的曙光。2017年12月，通过省市两级严格的评估，沁源县唯一的贫困村紫红村光荣脱贫，全沁源从此成为没有一个贫困村的县。12月28日晚上，县委书记金所军和县委常委们兴致勃勃地来到紫红村，坐在乡亲们刚刚搬进来的新房里为大家"暖房"。面对喜气洋洋的紫红人，金所军和大家畅快聊天，他说："乡亲们，祝贺你们啊，紫红村顺利脱贫，这是你们的大事，也是咱全沁源的大事，说明我们的党、我们的政府没有忘记大家，也说明咱紫红村的老百姓是能够跟上时代快车的。摘了贫困帽子就意味着紫红村已经走上了小康致富的金光大道。特别是我们这么漂亮的新村，老实说，连我这个县委书记都羡慕。当然了，我们为你们高兴，也为参与了紫红村脱贫攻坚的所有干部群众高兴。"

他又说："今天晚上，我和县里的几位同志来到紫红，就是想和大家一样感受一下新村，沾一沾乔迁之喜。"说到这里，金所军笑了，满屋的乡亲也都笑了，漂亮的新居里瞬时笑声朗朗。这时，金所军又回头对一起来到紫红村的县乡两级领导干部说道："紫红村脱贫摘帽，我们是完成了一项政治任务，兑现了庄严承诺，但这不是终极目标，我们的目标是带领人民群众走向小康。乡里应该考虑组织村两委干部走出去，到其他村、其他县去看看，学习人家先进县、示范村的经验，把我们的乡村振兴搞上去。"这已经不是金所军第一次强调脱贫之后的事情，早在此前的 12 月 17 日，这个县委书记就在三个战区的重点工作汇报会上强调指出："脱贫摘帽已经到了最后阶段，但摘帽不是终点，不是结束，摘帽之后是另一个新的起点。2018 年的扶贫工作怎么办？就是紧紧围绕实施乡村振兴战略，考虑四个方面的工作。第一是要激发内生动力，在 2017、2018、2019 年，每年都要对贫困户明察暗访，都要督查，都要审核。"关于全县脱贫攻坚的总体战役，金所军则强调："我们从第四季度开始，一直在冲刺，冲刺到现在，到了交账的时候了。虽然做了大量的工作，但是回过头来看，总是感觉还有很多方面不放心。还需要补短板，查漏洞，真正做到无死角，无缺漏，确确实实地脱贫。这个问题不是为了交代上级的评估，而是为了无负历史的使命。"

脱贫攻坚所带来的效应不仅仅是贫困户的脱贫，也是全县经济生活的繁荣与异变。这一年，沁源经济指标创历史新高。整体的经济运行稳中有进，全县地区生产总值完成 136.3 亿元，增长率达到 10.3%，规模以上工业增加值完成 103.9 亿元，增长 15.5%，历史上首次突破百亿大关。固定资产投资完成 50.16 亿元，财政总收入完成 30.44 亿元，首次突破 30 亿大关。城镇居民人均可支配收入完成 32507 元，农村居民人均可支配收入达到 13714 元。所有这一切指标都创历史最好，也就是说，脱贫攻坚大会战所带来的不仅是一个贫困村和全县 2548 户 5028 口人的胜利脱贫，同时也使全县的经济上了一个台阶，给全县人民带来了经济上的红利，也为整个沁源一县的乡村振兴奠定了坚实的基础。

2018 年初，经县级申报，市级初审，省级部门评价和由北京师范大学牵头、首都经济贸易大学和山西大学组成的第三方评估检查，沁源县综合贫困发生率为 0.05%，低于 2% 的贫困县退出标准，群众认可度为 99.18%，高于 90% 的要求，因此，山西省政府批准同意沁源县退出贫困县，成为山西省首批，长治市首个脱贫摘帽县。

大功告成。但是，这只是沁源在脱贫道路上的今天，明天是什么？明天怎么样？前面我们说过，早在这场战役的最后攻坚尚在进行之中，中共沁源县委书记金所军就已经在着眼于 2018、2019 年的脱贫巩固工作，同时更在考虑全县人民在脱贫之后的乡村振兴和实现全面小康的大计。在这里，笔者想要告诉您的是在采访过程中所看到事关沁源之今天和明天、现实和理想之间的一些画面，一些场景，一些令人止不住畅想的情节。

产业的振兴无疑是一个地方得以复兴走向辉煌的必要条件，以沁源而言，这个县的能源重化工产业早在 20 世纪末期就已经粗具规模，并一度为整体经济的发展带来了契机，然而，真正的以此为依托，发展全面的多项的产业却一直停留在纸上，繁荣在会上，并没有明显地落实在行动上。挖煤烧焦来钱快，产业转型困难多，这个道理谁都懂，故而企业转型虽然重要，能带来的长期繁荣稳定，但不一定在一些当政者的考虑范围之内。由于多方面的原因，短期效应成为一种行政中的"臭豆腐"——闻起来臭，吃起来香。而在这一次脱贫攻坚战役进行的同时，沁源县委县政府已在产业布局和企业尤其是能源重化工重型企业的转型上做足了文章，下足了功夫，在本书采写的过程中，就已经看到了许多明显的效应。

在赤石桥乡，也就是李飞为之奋斗牺牲的地方，我们看到了草莓繁盛的大棚，尝到了奶油味十足的新鲜草莓，说句真心话，那草莓真的和我们在大城市的超市里所看到的不一样，新鲜到你不敢相信它是真草莓，新鲜到像假的一样。总之这话说起来就必须这么拗口。我为之陶醉。当我问起这些优质草莓的销路如何时，大棚的主人李高峰告诉我："咱的草莓可吃香哩，销路根本不用愁，太原、北京的大超市抢着要，现在的问题是咱的产量一直上不去，因为人家说你有多少要多少，可咱不能吹口气再变出几十个大棚吧。还有技术人员的培训那也不是一下子能办到的啊。"听听，这样的产业，这样的前景，能不让人欢欣鼓舞？还是在赤石桥乡，香菇+中草药已经成为成熟的产业链。为了促成这项产业的成型，2017、2018两年内，乡政府从中连线搭桥，引进了嘉源新农产业发展有限公司，联众菇业有限公司倪庄夏菇产业有限公司，林溪种植有限公司三大企业，公司采用"公司+合作社+农户"的形式经营，公司负责菌种、技术、加工、销售等项业务，农户负责种植的合作方式，以此辐射全乡，使得村村有项目，户户有收入。现在，香菇种植和中草药产业成为赤石桥乡的支柱产业，这个乡也摆脱了纯农业乡镇无非农经济来源的困窘。

说完北面的赤石桥乡，我们再看南面的灵空山镇和中峪乡。要说起来，灵空山镇那可不是因为贫穷而不得不搞农业产业，这里有着丰饶的煤炭资源，有着康伟能源和太岳煤业等多家大中型能源企业，本镇居民工作生活也大多以与这些企业相关联的产业连接在一起，经济上应该说不存在困境。但是，在2018年以来，居安思危，已经成为这个镇党委和政府的战略思维。在这里，我们所看到的不只是宛如梦境的绝佳风景，不止是以灵空山圣寿寺和世界油松之王"九杆旗"为代表的王牌旅游景点，更有蓬勃兴起的新型产业。这个镇的党委书记郭俊斌告诉我："我们得居安思危啊。我们灵空山镇虽然名声在外，可实际上这大好河山并没有充分利用，甚至有很多极好的资源还是未开垦的处女地。当然，我说的这个资源可不是指我们的煤炭能源，而是我们的森林我们的山川，我们灵空山的天然氧吧。这里既没有沙尘，也没有雾霾，你看，无论哪个季节，你到这里能看到沙尘，看到雾霾吗？这里空气中的负氧离子高达每立方厘米2000个以上。这么好的环境，真正的绿色康养胜地啊。可是我们的旅游接待能力不足，人家来了想住住不下，想消费还没地方花钱。这不是拿着金碗讨饭吃？"正是在这种思维的主导下，在沁源县委、县政府绿色立县方针的指导下，灵空山镇在2019年下大力气投资上千万元，将一批具有4星级接待标准的"农家乐"建在了花海林涛之中的五龙川村、黑峪村和第一川村，使这里的旅游环境一下子来了个质的跃进。而这些新型民居那种外观具有十足乡村风味，沁源特色，而内核则完全符合现代标准大酒店硬件加柔性服务的独特风格，无疑将为这块旅游胜地增光添"财"。就在本书开始案头创作的时候，又有消息传来，灵空山镇已经被批准为山西省绿色康养小镇，这也意味着郭俊斌等人的努力得到了方方面面的认可和鼓励。不仅如此，在灵空山镇，我们还见识了现代化的大型香菇种植。40座现代化的标准大棚，筹资500万元建造的机械化菌棒加工车间，不仅为这个镇并不多的贫困户（有18户36人）增添了稳定收入，而且也使香菇种植这个新的产业在工业比重占压倒性优势的灵空山镇有了一席之地，为全镇的产业转型和多样性发展开了一个好头。

灵空山如此，与灵空山镇比邻的中峪乡也不落下风。中峪乡，没有灵空山那么多大中型企业，也没有灵空山那么出彩的名声（虽然这里的山，这里的水，这里的满山油松同样碧绿，同样具有每立方厘米

2000以上的负氧离子），然而，中峪乡党委和政府毫不气馁，开新路求生存，竟然也寻得一片阔然天地。那么，中峪的特点是什么？优势在哪里？中峪乡党委书记李红江告诉我："我们中峪是沁源的南大门，是沁河离开沁源的最后一站，也是全沁源海拔最低的地方。平均海拔要比全县最北面的王陶乡低上500米之多，即使和县城一带相比也要低上近百米。平均海拔1200米，最低处则只有939米。这就带来一种新的可能，因地制宜，可以发展非高寒山区农作物和与之相关的产业。"

正是如此，这些年来，这个乡在开发非高寒山区农业产业方面下足力气，舍得投资，成功地诞生和发展了一批具有连锁效应的产业，也因此带动了文化旅游等方面的快速发展。在龙头村，就是沁源全县海拔最低，也是沁河离开沁源最后一站的那个村，经过科学而认真的考察实验，建成了方圆百里知名的油菜基地，每到春夏之交的5月，龙头村千亩油菜花开时节，左近几个县的游人慕名前来，真把个龙头村连带附近的公路挤得水泄不通——不为什么，就为在山西，在沁源，在太岳山中也可以看到江西婺源般的"风景油画"。而龙头人则顺势而上，在油菜籽大丰收的基础上，建起了自己的榨油厂，年产能1000吨以上，不仅完全消化了本村菜籽，而且开发了对外的核桃和油葵油料加工。这一来就使得这个原本最贫穷的村庄成为人们眼中的明星村，富裕村，贫困真正远离这里的人们，而未来的前景，小康的生活则在召唤着他们。

乌木村，绝对是又一朵"奇葩"。这个村人口只有205户，604口人，却有着可谓辽阔的地域，包括整整50000亩的林区。这里奇花异草举目皆是，参天大树接天连地，牛羊成群，悠然自得，别样风景，自成一体。然而，在前些年，守着这么好的自然资源，这里的人们却是贫困得有些出奇，可以说，除了吃喝不愁之外，再无其他经济来源。当然，守在这深山里的百姓，尤其是那些你再给什么"好处"也绝不出来打工的中老年人们，他们事实上也基本没有什么需求。他们的日子还停留在20世纪80年代，还自享自得于承包土地所带来的丰衣足食。当然，他们的下一代，那些经受了现代教育的孩子们是越发地不愿回归到这山青水绿的家乡了。面对这种情况，脱贫攻坚战役开始以来，当地领导和驻村干部、第一书记深入群众，结合实际，努力挖掘可以开发利用的因素，这一来，还真的找到了发家致富多种经营的渠道，就是在乌木，这个小小的山村，除全村百姓大力投入中草药种植并因此获得稳定收入而一举脱贫之外，还诞生了两家颇具特色的企业。一个是纯粹本地特色的艾条厂，但这个原材料可不是当地垄边地头到处野长的山艾蒿，而是经过培育又符合当地生长条件的艾蒿。年近不惑的张江，在政府的支持下，投资50万元，把这种艾蒿引进来，然后把长成的艾蒿做成艾条和足浴包，经过包装，送到城里去，一下子打开了销路，也为本村5户贫困户人均每年增加了近10000元的收入。还有一位冯留成，原本就有养蜂的独门绝技，曾是祖传的看家本领，但前些年因为资金问题，好好的手艺没有用武之地。这一次，同样是在脱贫攻坚行动中，冯留成迎来了机会。政府予以大力支持，为他贷款5万元，帮助老冯重新拾起了养蜂的技艺。连续3年，老冯的蜂蜜连年丰收，不仅还清了贷款，而且扩大了生产，成为周遭一些中药铺和商家所信赖的蜂蜜供应专业户。按说，老冯的蜂蜜也算小有名气了，有人就和他商量，能不能在蜜里加一些糖，然后为他代销。老冯说，这可不行，我的蜂蜜主要是给病人吃的，乱加东西坏名声事小，坑害人事大，共产党让咱发家致富，咱可不能干那丧良心的事。事实上，像冯留成这样的老实农民，在乌木，在中峪，在整个沁源海了去了，而和冯留成只有一山之隔的中峪村养猪专业户葛建伟在这方面就更突出。葛建伟的猪场建在一条足有十里长的山沟里面，空气清新，环境优雅，若不说明此地有个猪场，你会以为是谁把你带到了森林公园。这猪场规模不算大，也没有任何现代化的设备，有的只是葛建伟和他媳妇两个人的精心喂养和科学配料。必须说明的是，笔者亲眼所见，葛建伟喂猪的饲料是什么呢？是打碎的玉米，切开的胡萝卜、土豆和谷糠。一句话，绝对的绿色环保，这喂出来的猪，那质量可想而知。唯一显得"落后"的状况是人家那些猪场的猪大多三四个月就出槽，葛建伟的猪最少也得10个月足才能长大，才能出槽。按说，这肉的价格怎么着也应该比那些加了许多辅料的猪们的贵上一些吧？然而，葛建伟却告诉我："价格的事我不和人家争，让老顾客看着来吧。就这我今年最少也挣10万元了。还不是因为现在政策好？"

就是这样，说到底，他们在坚守这一条底线，一条做人的底线，一条致富不忘做人的底线。这一点，似乎在沁源整个的脱贫攻坚战役中也是一个亮点。

作为山区，而且是以高寒山区为主的县份，沁源的粮食作物历史以来就以小杂粮为主。沁源人叫白面为"好面"，大米为"好米"，为什么呢，就因为在过去交通不便的年代，庄稼人基本是种啥吃啥，自给自足，而高寒山区的地域特点注定了这里的主产只能是玉米、谷子、高粱以及各类小杂粮。至于小麦，也种，也产，但产量甚低，一亩上好的土地，最多不过三四百斤，同样是这一亩地，种玉米可产六百斤，种高粱那就至少八百斤，集体化时期，村村队队要上产量，挤压小麦耕种面积便成为决策者们的首选。笔者记得，当时，生产队里每年分配人均10斤小麦算是好的，起码过年能吃上一顿纯白面饺子，也有一些生产队干脆就不种小麦，社员们过年就只能包些荞面饺子。至于大米，也是稀罕东西。沁源能不能种水稻？这个问题早在1958年"大跃进"时期就提出来过，确切地说，沁源人种水稻是成功的，那个实验的地点就在笔者的家乡笔者从小生长的村庄。老一辈讲，那玩意儿好吃是好吃，但有两个问题，一是下水作业，北方人不习惯，沁源的水温太低，人在水里待得时间长了受不了；二是产量太低，上好的土地再加上抽水灌溉，光柴油机的油钱都快赶上稻子的价值了。一句话，不划算，不能干。然而，世界上的事情总是在不断变革中迂回前进的，一成不变那不叫世界，更不能叫做新世界。在2017年的脱贫攻坚战役前，学孟村——这个沁河镇的著名贫困村，虽然没有被评为省级贫困村但村里的贫困户委实不少，村里的集体经济也基本为零。脱贫攻坚战役开始以后，这里的住村干部，第一书记和村里的两委班子坐下来仔细思考，对照历史想问题，才觉得自己实在有负于学孟这个村名，有愧于先贤先烈的红色遗传。为什么这么讲呢？因为这个村原来并不叫学孟，而是叫阳泉。抗日战争时期，在著名的沁源围困战中，这个阳泉村出了个令日寇胆寒的民兵战斗英雄，他的名字叫作李学孟。李学孟作为民兵队长和一区轮战队的队长，在对敌作战中屡建奇功，被日寇视为眼中钉、肉中刺。1945年2月12日，除夕之夜，由于一个曾在阳泉村做过生意的奸商告密，200多日伪军将李学孟包围在窑洞之中，李学孟沉着应战，弹无虚发，以一敌百，经过将近10个小时的激战，连续毙伤敌伪19名，最终因日寇投放毒气晕倒而被俘。李学孟被俘之后，敌人百般利诱，严刑拷打，但李学孟终不屈服，最后，灭绝人性的日寇竟将李学孟斩为三截，喂了狼狗。李学孟牺牲时，年仅34岁，这一天，距离沁源人民的围困战最终胜利仅有不到两个月的时间。李学孟牺牲以后，党和人民为了纪念这位英勇不屈的抗日英雄，将阳泉村改名为学孟村。

回顾这段光荣的革命历史，一屋子人的情绪瞬间被点燃。是啊，咱学孟人什么时候怕过困难，什么时候当过逃兵？脱贫攻坚，咱学孟绝不能落后。说干就干，学孟人当年实现了自己的诺言，全村贫困户全部实现脱贫。但是，前进的道路既然已经拓开，那就不能停息，要继往开来，做大事情。村党支部和村委会在住村工作队的支持下经过反复调研，又请来县农科站的技术人员做技术指导——干什么呢？种水稻！您没看错，是种水稻。因为学孟地处沁河在沁源境内的下游，尤其沁河大湾一带，土地肥沃，且海拔只有刚刚1000米，在这个海拔高度，东北人种水稻应是最好的地段，那么，在沁源行不行呢？学孟人请教了山西省农科院的专家，又请了县农科站的技术员现场指导，条件没有问题，尝试一下便知。学孟村的党支部书记刘玉明，敦敦实实，今年只有49岁，却已干了三届支部书记，青年成了壮年，学孟致富其实一直是他的梦想。刘玉明知道，这一次，就是最好的机会。破釜沉舟，一往无前，从来以谨慎立身的刘玉明主动请缨，于2018年6月28日注册成立了沁源县富民农业发展有限公司，自任法人，注册资本300万元。这几乎是学孟人倾尽所有的"赌博式"的投入。但老刘心中有底，有专家的帮助，有县镇两级领导的支持，怕什么！2019年春节刚过，当别人还在走亲访友的时候，刘玉明已经带领村里人在学孟村沁河大湾那块全村最大也最好的土地上干起来了。平整土地，修渠筑堰，崭新的水利设备也一件件安装起来。开天辟地

第一回，学孟村的"绿色无公害大米种植"基地就要投入实质性的运营了。过程是艰难的，但结果是可喜的。这一年，学孟人水里滚，泥里爬，第一次学插秧，第一次趟水田，也第一次收获了老一辈人连想都不敢想的"好米"。别说，现代科学确实厉害，前面我说过，我们那个村子在整整60年前曾经试种过水稻，结果是每亩只产二三百斤。实在不划算，而刘玉明他们种植的60亩水稻，最高产量竟然达到900斤，平均亩产也有600多斤。更重要的是，他们的水稻确实遵循了绿色无公害的原则，整个60亩水田，没有用哪怕一点点化肥之类。不仅如此，老刘他们在加工稻米的时候也采用了无公害的方式，没有像一些厂家那样给大米"抛光"，这样加工出来的大米从外表上看是没有那些抛过光的好看，似乎有点发黑，但是当你真正食用的时候，才会发现它的好处，既有油性，也耐吃水，口感别样。别人不说，笔者自己尝试了一遍，一下子就使我想起了曾经是"贡米"的太原晋祠大米。可惜，晋祠大米已经离我们远去，幸而，沁源学孟的大米则无疑使人们有机会再尝"贡米"风味。

这就是脱贫之后的农民，这就是改革开放时代的新农民，着眼未来，立足农村，同样可以干一番大事业。而在沁源，在这一次的采访中，最使笔者感动而且景仰的是同样在沁河镇，与沁源县城仅仅一河之隔的琴泉村。

琴泉是个名气很大的地方，它的出名与一位神仙有关。这可不是杜撰，而是史有所载。《水经注·卷二十三》："赵人有琴高者，以善鼓瑟，为康王舍人。行彭、涓之术，浮游砀郡间二百余年。后入砀水中取龙子，与弟子期曰：皆洁斋待于水旁，设屋祠。果乘鲤而出，入坐祠中。砀中有可万人观之。留月余，复入水也。"

汉人刘向所著《列仙传》也有与此基本相同的记载。而到了明代，更有宫廷画师李在以此为素材创作了大型宫廷画《琴高乘鲤图》，至今此画尚藏于上海博物馆，是为该馆珍品之一。据说琴高在辞别著名的宋国亡国之君宋康王之后，遍游天下，最后选择以此地为定居之所，并在此立馆教学，这里的山头也就叫作琴泉山。再以后，到明清之际，琴泉山下设立琴泉书院，也曾名扬一时，成为当地乃至沁源一县传儒立术的根基所在。

还是在明代，沁源县令俞汝为曾为琴泉留诗一首，也是名作：

琴高真人墓

东山入望郁峨然，曲磴回椒树杪悬。

堪笑青乌封幻影，还从赤鲤觅真诠。

岚光落日羁残照，草色空阶锁断烟。

独有朱弦鸣未歇，冷冷清韵响寒泉。

一个村庄，一个仅有300户890口人的村庄，竟有如此多的而且确实值得一看，值得一考的典故，对于笔者来说，当然有着强大的吸引力了。然而，此来琴泉，我并不是慕其古名而来，而是为这个村在建设小康社会，建设真正意义上的社会主义新农村，建设一个既有绿水青山，又有金山银山的典范方面所取得的成就所吸引而来。按照县里陪同我一道采访的沁源通加农业通曾经当过几任乡镇书记，也当过县农委主任的马国威先生所说，要想反映新农村，你就必来琴泉村。

于是我来了，于是我被震撼了。应该说，身为作家，还当过多年的编辑，本人走南闯北，见过的，听过的也不算少，何况就在沁源，

40多年前本人也还当过一段时间的村干部，农民是什么样，农村是什么样，闭上眼睛也该说个八九不离十的。可是，在琴泉村，在这个神仙曾经待过的地方，我迷惘了：这还是农村，这还是我熟悉的中国北方农村吗？

进得村来，首先映入眼帘的是一组现代艺术感极强的大型墙画。画中完美地体现了琴高乘鲤的故事，也讲述了琴泉书院的过往。这组墙画的艺术价值和它所体现的艺术趋向，恕我直言，在省城也当属罕见。放在一座县城甚至连县城都不是的农村，你说它不显眼才怪。所以，但凡来此地一游的人，无不驻足拍照，更多的则是全程摄像，留下视频。这使我怀疑，这样的大型墙画，莫不是他们从别处搬来的吧。当我把这个疑问抛给马国威时，马国威告诉我，这整个的墙画竟然是琴泉人请清华大学美术学院的师生来设计绘画的。对此，我只能释然并心生敬意了。然而，这仅仅是开始。当我在马国威先生和沁河镇一位美女副镇长李红丹的陪同下走进琴泉山，走进这个村庄的"后花园"时，才猛吃一惊，感觉似乎真的走进了一个极大的公园。是的，琴泉人正像琴高一样，以他们超凡的想象，科学的设计，勤劳的双手，把十里山沟、两座大山演化为一座开放的多功能现代化公园。沿着两条总长达4000多米的木质步道，走过一座即使在全国也不多见的透明钢化玻璃大桥，我们来到琴山深处的琴高之墓——一座传说中历史至少应该在2200年以上的古墓。断裂的石碑上赫然写有"琴高真人之墓"六个大字，当然，至于这墓这碑真正所建年代，还有待于史学家与金石学家的进一步考证，但一个村庄的人们，他们的支部书记，他们的村主任和那些可以当家的人们居然能够认识到这些古建古迹与其中所包含的文化意义所在，并不惜筹资将其保护起来，这本身就值得推崇。古墓旁不到 10 米的地方，是两座观景亭，其设计既古朴又大方，更因了尽用当地木材而节省了相当的费用。整个方圆几十平方公里的琴泉山上，随处可见凉亭、木凳、步道栏杆，为人们登山游览提供了许多的方便。笔者游历过国内许多的名山大川，峨眉、五台、黄山、泰山、青城山、九华山，风光无限的祖国大地确实有着不尽旖旎，千般景致。可是，那些物华天宝，离不开多少人多少代的精工细作，那些胜景圣地，曾经花费了多少银两金币，曾经浸淫着多少劳动人民的血汗眼泪。而这琴泉山，这座由一个不到千人的村庄在短短两年的时间内建设起来，开发出来的乡村大公园，他们究竟花了多少钱，用了多少人？这个村子的集体经济、村民生活还能够保持相对稳定吗？

带着这样的问题，我沿着木质步道开始下山。天色渐渐暗了下来，但眼前耀眼的灯光和机械的轰鸣告诉我，这里应该又在建设着什么工程。果然，李红丹告诉我，就在琴泉山下的一片缓坡地带，琴泉人正在建设沁源县内第一座，也是长治、临汾两市首座标准化滑雪场。那灯光，那轰鸣正来自挖掘机、推土机、探照灯这些现代化家伙。据说，当 2020 年新年到来的时候，沁源人就可以在自己的土地上享受到曾经只是在电影电视《林海雪原》中欣赏到的雪上飞翔（滑雪）和飞兵突进（雪地摩托）了。

难以置信！这个时候，一定要见到这个村庄的当家人，就成为我此行最迫切的希望。我在老马他们的引导下走进一排有些简朴却十分干净整洁的办公室，见到了这个村的支部书记兼村主任姚建刚。我不敢相信，眼前这个看起来最多也就 40 岁出头的精明汉子实际上已经 53 岁，而他当支部书记的年头也已经整整 10 年。说起琴山文化和琴高真人，姚建刚侃侃而谈，手头的资料也成册成卷。而最使我难以忘却的则是这位支部书记兼村主任那刚毅的表情和干练的神态。姚建刚说："这些年县里也组织我们这些当支部书记当村主任的出去参观学习，老实说，每一次都受到不小的震动，看看那些先进地区的新农村，人家能把恶水穷山变成绿水青山，咱琴泉有着这么好的文化资源，又天生就守着别人羡慕都羡慕不来的这绿水青山，凭啥就不能把它变为金山银山？所以呢，村里建起我们这座文化公园，包括国际标准的露天游泳场和滑雪场。这一次咱是要干就干大的，要干就干超前的，至少50年不落后。"

这么大的工程，要花多少钱，这钱又从哪里来？曾经见过一些地方一些单位，因为面子工程、政绩工程而置民生于不顾，结果造成了很不好的影响。那么，姚建刚他们是不是会落入这种前车之辙呢？当我把这个问题抛给姚建刚的时候，姚建刚笑了："郭老师，你猜，使劲猜。"

我不敢妄加猜测。要说根据以往的经验，一座公园，一个游泳场，一个滑雪场，往少了说，没有一个亿怕是拿不下来的。可是，姚建刚给我的答案是："2300万。咱一个小小农村，不精打细算不行啊。这2300万里面，除了今年夏天县里观摩奖励了50万外，都是咱们自筹的。咱要办大事，可不能给子孙后代兑下大饥荒（外债）啊。所以，在咱这里，一个铜板我要让它顶一锭银子花。"

惊喜，但不意外，因为，笔者亲眼所见，那山上精美的步道，舒适的凉亭，错落有致的石板路，宽敞有序的停车场，除了设计图案应该不是琴泉人自己所为之外，包括那些大型机械，运载车辆，几乎无处不在体现着"肥水不流外人田"既能办事又省钱的琴泉原则。这应该同样是社会主义新农村真正实现小康所应该遵循的原则吧。祝琴泉人美梦成真，我一定会再游琴山，也一定会尝试着走上雪道，撑撑雪杖的。

如果说琴泉的美景琴泉的文化代表着一方水土上的农民自我觉醒自我奋发自我超越的话，在距离琴泉7公里之外的著名太岳红色圣地，当年抗日战争时期太岳区党委和太岳军区所在地延寨，我们所看到的就是另外一种层次更高，规模更大，具有国际顶级水平，也预示着明天的农业模式——沁源县"水漾年华"田园综合项目。在沁河谷地最开阔的区域，沁河之畔，青龙山下，即是总占地面积达2308亩，首期建设规模为331亩，投资2.3亿元的"水漾年华"。它像一片连绵的厂房，从外表上看，可以说与我们印象中的农业大相径庭，而更像现代化的无烟工厂。绿荫丛中的场地整洁美观，巨型钢化玻璃和钢架结构组成的厂房的高大宽敞。而当你走进这些厂房，注目一排排大型不锈钢架子上郁郁葱葱的蔬菜花果，那令人垂涎欲滴的小番茄、大黄瓜、鲜嫩的油菜、碧绿的胡芹，简直使人不敢相信这是在北方，在冬季。仔细看来，你更会发现，这所有的蔬菜竟然都不是生长在土地之上，而是生长在基质槽中采用培养液加水养育而成。其标准的解释是："……不用天然土壤而用营养液灌溉的栽培方法。由于无土栽培可人工创造良好的根际环境而取代土壤环境，可以有效地防止土壤连作病害及土壤盐分积累所造成的生理障碍，充分满足作物对矿质营养、水分气体等环境条件的需求，而栽培用的基质材料又可循环使用，因此具有节水、环保、省电、高产等优势。"

客观地说，无土栽培的使用在世界范围内已经具有相当的年代，处于荒漠之中的以色列如果沿用传统的农耕方法，它将势必为土所困，在生活用地与农业用地之间产生不可调和的矛盾。而一个国家，如果一些基本生活资料比如蔬菜、粮食也必须依靠进口的话，那将会在许多时候处于战略上的不利局面。也正因此，在以色列，这项技术不仅发展迅速，而且使用范围极广。在北欧，号称风车之国的荷兰，由于气候寒冷，无霜期太短，自然条件下很不利于蔬菜等绿色作物的生长，无土栽培技术同样也得到了高度的重视。据统计，目前，其40%的温室作物都采用了无土化栽培。

在我国，由于这项技术在早先的时候，成本较高，尤其是规模越小，成本越高，在一定程度上阻碍了它的应用与发展，好在近年来，中国农业科学院蔬菜花卉研究所对无土栽培技术中最耗费成本也最尖端的机基质问题的研究有了新的突破，这也使许多中小型企业在这方面有了发展空间。但是，像沁源这样，在如此大的面积上，投入巨资来进行一项大规模的无土化栽培示范作业，应该说还不多见。

"水漾年华"首期包括东西两个区域，50000平方米的连栋温室，包括8个主题场馆。分别是：药食同源馆、沁水物华馆、蔬菜馆、农耕馆、花卉馆、育苗馆等。这些场馆涵盖了顶级的科技示范与生态农业示范，也有对于普通人来说生态旅游与休闲体验的功能。按照沁源县委书记金所军也就是这个项目的最早倡议者所设想，"水漾年华"的建设，更主要的意义还并不在于这个项目本身的经济价值，而是要给沁源农民一个现代农业的示范和引领。由于"水漾年华"本身具备庞大的附设功能，这个项目建成之后，每年可以完成8000人次以上的职业培训。同时解决周边1500人的劳动力就业，这些劳动力每年每人的经济收入将不会低于20000元，将从根本上带动周边20余个村庄的长远发展。除此之外，水漾年华的另外一个功能则是可以成为全县中小学生农业科普和自然生态教育的第二课堂，为孩子们提供每年20000人次的课外体验活动。

不得不说，这样一个具有多功能、多效益的大型农业工程，不仅为当地解决了一直以来蔬菜供应尤其是绿色蔬菜供应的季节性难题，更大的意义在于它为一个县的农业和农村实实在在地勾画出一幅可以看得见、摸得着、够得上的明天的美好画图，同时将现代科学的普及教育扎扎实实地送到了农民的手中。

这就是沁源的明天，琴泉的乡村公园和"水漾年华"的现代化农业已经给了我们一派明晰的前景。脱贫之后的沁源，脱贫之后的农民，将向着他们祖祖辈辈梦寐以求的富足与舒适生活昂首阔步前进。沁源，未来可期。

然而，当我们在向着未来憧憬的时候，有必要再回顾一下这两年——这高歌猛进的两年，沁源是怎么走过来的。我们不能忘记过去，更不能忘记刚刚过去的战斗，硝烟未曾散去，风流自在其中。

第三章
战区、干部与人民

前面我们说过，沁源的脱贫攻坚始于2017年年初，当时县委县政府已经向上级立了军令状，向全县人民庄严承诺，2017年将是沁源脱贫之年。但真正的攻坚突击却只有2017年8月至2017年年底这短短的4个月。要说其中奥妙，那就在于县委县政府及时而有效地实行了战区战略，在于从南到北三个战区干部群众的群策群力，奋起作战。按照县委书记金所军的说法，分区作战就是要"九牛爬坡个个出力，八仙过海各显神通"。一句话，充分调动广大干部的积极性，尤其是县委常委和四大班子的领导、班长们，他们都是曾经主政一方的"大员"，本身有着较高的领导能力和管理水平，又大多是本地干部，几十年来在这块土地上成长和奉献，对每个村庄甚至每一户贫困户都了如指掌，让他们去对症下药，因地制宜，要比你县委县政府一刀切大囫囵管用得多，有效得多。所以，县委对他们的要求只有一条，那就是2017年年底以前必须完成你所在区域的脱贫攻坚任务，山头必须占领，寸土不许丢失。面对如此信任，三个战区的领导班子那是深知使命之沉重，也深知过程之艰难，但是，他们无一例外、毫不犹豫地全部领受了任务，也将自己和手下一班兄弟牢牢地绑在了一辆只许前进、不能后退的战车上。

县人大主任王宏斌，1966年出生于沁源县城城西的一个普通教师家庭。参加工作后当过学校教师，做过县报记者编辑，也当过县委办公室干事，更曾在乡镇工作中屡创佳绩，对于这片土地可谓是既爱得深沉，又爱得纠结。所谓深沉，是因为他几乎了解这里的一切，对于这片土地上的山川与河流，历史与现实，风物与文化，他认真做过功课；所谓纠结，则同样是因为他太了解这方水土，这里的人们太沉湎于历史的骄傲与辉煌，因循守旧的思想在相当一部分人甚至是领导干部头脑中根深蒂固。举一个例证，当王宏斌还是县委办公室主任和副县长的时候，恰逢沁源历史上最大的水利工程——永和水库即将开建。明白人都知道，这是一项功在千秋的大好事，后来所发生的事情也在在证明了这座水库的功德无边。但是，在当时，真正理解和认可这种意义的人可不能说多，尤其是碰上原本号称天下第一难的拆迁问题，要让一个村庄的人们整村拆迁，迁移到距离老村并不太远，生活和居住条件则要好得多的地方去。这本来应该说是这个贫困村一个彻底翻身的好机会，然而，事情的进展却大大出乎高层的预料。村民们甚至还有一些基层干部不只是狮子大张口，漫天要价，更重要的是，他们压根就不愿迁动。不只是人住的房屋，家养的牲畜的棚圈，祖宗的坟墓，都是动不得的。要动就和你漫无边际地要价。然而，国家的政策是既定的，而且从某种意义上来说，县里已经为村民们争取到了正常允许范围内最大的经济利益。就为这事，王宏斌当时可没少跑腿，嘴皮子也几乎磨薄了一层。好在，这事最终算是圆满解决了，但也让人在这件事情的进展过程中体会到了旧传统旧意识在一些人头脑中的顽固存在。而多年的农村工作也证明了这一点。譬如说，农民是干什么的？庄稼地里到底应该种什么？现代化的大棚作业在沁源能不能够推广？这些在别的地方看起来丝毫不成问题的问题，在沁源的某些地方就一定会成为问题。因为那些固守旧业，一辈子不离开那一亩三分地的老人会认为你是不务正业。

2017年的脱贫攻坚，在最关键的时刻，沁源县脱贫攻坚总指挥部将全县分为三个战区，王宏斌担任中部战区指挥长。王宏斌深知，这是组织对自己的信任，这是一次只许成功、不许失败的战斗，作为指挥长，他必须拿出百分之百的状态，百分之百地投入。当然，人大的工作也不能误，怎么办？把办公室搬到脱贫攻坚的第一线去。把脱贫攻坚当作人大的主题工作。这也是真正代表人民。而对于家里，王宏斌这次则多留了一分心。接受任务的当天晚上，王宏斌将老爸老妈妻子儿子和儿媳召在一起开了个家庭会，核心内容只有一条：从明天起，到脱贫攻坚战役结束，家里的任何事情不要找我。老爸老妈年届八旬，身体几乎每一个部件都大不如前，隔三岔五就要去医院"串门"，这些事本来大多是王宏斌亲自陪伴的，因为这个，包括医院的医护人员也都知道王主任是个出了名的大孝子。可是，王宏斌说，这段时间，这个任务就交给儿子儿媳了，完不成任务找你们算账。事实也是如此，从第二天开始，王宏斌一头扎进中部战区指挥部，除了有时晚上回城开完会顺便在家睡个觉外，几乎就没怎么和家人见过面。而一贯支持儿子工作的老爸老妈也竟然奇迹般地在这个时间段里没有去医院"串门"。健健康康，等到儿子从脱贫攻坚的战场上凯旋。

在脱贫攻坚的决战时刻，短短4个月的时间，王宏斌跑遍了中部5个乡镇近100个行政村的每一个贫困户家庭，做到了对这些贫困户情况的了如指掌。在紫红村，为了及时无后患地动员全体村民由旧村搬迁至新村，王宏斌挨家挨户走访，帮助每一家每一户解决他们的具体困难。一时解决不了的，就把它们记下来，带回去尽快和当地乡村两级领导研究、解决。凭借自己丰富的乡村工作经验，王宏斌成为乡村干部眼中的好领导兼好参谋。在交口乡，王宏斌协同这个乡的党委书记王皓，一开始就把主要精力放在了农业产业的多种经营方面。因为他深知，交口的情况有别于全县其他的乡镇，这里有着全县最好的耕地，最好的农业基础，也是全县为数不多的纯农业乡镇。但同时，正如其名所示，交口乃是沁源交通最便利的地方，截至改革开放之前，交口的乡民们确实是捧土地碗，吃农业饭，面朝黄土背朝天，吃喝不愁，但身无长物。改革开放的春风最早给这里的青年人带来了希望，他们走出去在外面的世界尝到了挣钱的甜头，也体会了挣钱的辛苦，有的成为老板，发了家，致了富，当然更多的还奋斗在下层社会，饱尝着打工者的酸甜苦辣。但是，恰恰是这部分人，他们眼中有榜样，心中有方向，越是处于艰苦奋斗的状态，就越发不愿回乡务农。这种情况的直接后果是，年轻人，甚至中年人（最早一代的打工者）但凡有能耐有见识有文化的都出去了，村里真正在田土里打熬的只剩下中老年人。交口的贫困户虽然不像紫红村那样集中，但整个交口乡的贫困户比例算起来，可就不在紫红村所在的官滩乡之下。恰巧，交口和官滩这两个乡都在王宏斌统领的中部战区，这就给了这位指挥长通盘思考，分别对待的可能，当然也是必要。官滩的问题，在于抓住紫红村这个牛鼻子，以点带面，寻找突破，而交口的问题就不那么简单。因为这里看似贫困，但是它又有着在全沁源来说其他地方无可比拟的优势：交通便利，土地肥沃，自然环境优越。这里不但有着221和222两条省道从三个方向纵贯全境，而且还有沁河与东川河交汇于此，在农林水利诸方面都处于有利地位。那么，这个地方的发展就只是缺少人这个必不可少的因素了。而交口在人才方面从历史上看又因其外向型经济的相对发达而处于较为有利的势态。也就是说，现在真正的问题是能否吸引那些有能力有见识而又立志于家乡振兴的知识青年回归故乡。正是抓住了这个主要矛盾，交口乡的工作立刻打开局面。在王宏斌和王皓的努力和争取下，交口乡先后有一批已经在外发展并取得相对成就的中青年毅然回到家乡，担负起了农村振兴的重担。果然，在并不太长的时间里，这些年轻人取得了引人注目的成绩。诸如现在不仅在沁源，而且在长治市、在全省及省内外都小有名气的长征村党支部书记张慧斌（关于张慧斌和他的本草合欢谷的故事，我们将在后面详细讲到），正中村党支部书记郭伟军，自强村党支部书记董金国，龙泉村党支部书记李庆丰，还有信义村党支部书记王小飞等人，都是年纪刚刚三十八九或者四十出头，本人在外已经当了老板，事业有成，或者正在县里某些机关和事业单位吃着公家饭，在普通人眼中已经是成功人士的这样一批人。这些人回到村里以后，不仅是带回了相当的资金，更带回了创新的思维，创新的套路。同样是种地，老一辈人种的几乎是数百年一成不变的玉米、谷子、五谷杂粮，大不了加上土豆萝卜季节蔬菜。而这些年轻人一上手就是大棚种植，不分时节。把原先的荒山坡地统一开发，改种中草药，经济效益一下子翻了番。当然，也有村子就不仅在黄土地上做文章，还要在青山绿水间绘图画。譬如信义村，就依托著名风景胜地菩提山，将曾经荒废了一半的村庄改造成既具有现代生活设施，又有当地乡村风味，特色明显，风景宜人的山村旅游农家乐。如此等等。正是依靠着农村领导干部的年轻化、知识化或者再加上一条专业化，交口乡的脱贫攻坚从人们曾经认为的老大难变成了先锋队，交口乡也在乡村振兴的明天具备了一定的优势。而当我和王宏斌说起这一点的时候，这位县人大常委会主任总是说："可不敢写我，这些都是人家基层同志们干出来的。这些年轻干部的提拔使用，那是人家交口乡党委、王皓书记长期努力的结果。我不过是旺火上面吹了吹风而已。"

三个战区的指挥长当中，我们已经提到过北部战区、中部战区的两位，该说说南部战区的了。这位南部战区的指挥长有两大特殊之处。其一，这是一位女同志，而且是时尚话说的那种真正的美女领导；其二，和马建峰、王宏斌两位土生土长的沁源干部不同，她不是沁源籍干部，而是地地道道的"外来户"，但这一次，她却义无反顾地担起了以县城为核心的南部战区五个乡镇脱贫攻坚的任务。这个人，就是年仅40岁的中共沁源县委副书记政法委书记申秀琴。申秀琴深知，自己虽然也曾有过一定的农村工作经验，但对于时下的沁源农村，应该说还是所知甚少，然而，她坚信，在自己的周围，在她的指挥部里可有着大把大把具有丰富当地农村工作经验的老同志老领导，而自己就是要把根扎进劳动人民中间，把脱贫攻坚当作自己人生历程中一次最重要的磨炼和学习的机会，在实践中加深和劳动人民的感情，从而成为他们的贴心人。为此，申秀琴干脆和远在长治市区的家里打了招呼，脱贫攻坚战役进行期间，就不再回去了。还是和王宏斌那个对家人的表态一样：有什么事，你们自己先撑着，我这里就别指望了。当然，她的家人也毫不含糊地表达了对她的支持。

申秀琴也有着自己的独特优势。首先，正因为她是女同志，所以和农村的老头老太太接触起来就更加方便，尤其那些老太太，简直就把这位和蔼可亲的县委副书记当作自己的女儿，有什么知心话都和她说，有什么难办的事都和她讲，而申秀琴则通过和老人们的接触交心，洞察在脱贫攻坚中贫困户们的所急所想，为他们（她们）解决实际问题。其次，她年轻且具有硕士学位，属于知识型干部，在分析问题，解决问题，预测问题等方面就有着较为超前的观念。南部战区，有着沁河镇、李元镇和灵空山镇三个在经济比重和社会影响方面都非常重要的乡镇，所以，从某种意义上来说，南部战区的工作对沁源一县来说举足轻重。申秀琴正是利用自己的知识之所长，在这三个重镇的脱贫攻坚和乡村振兴规划中倾情倾力，出谋划策，向县委和县政府主要领导提供最有价值的参考意见，也为基层工作的同志们排忧解难，起到了很好的桥梁与纽带作用，在出色完成脱贫攻坚任务的同时，走一步，看三步，为这几个乡镇今后一段时期的工作奠定了一个较为超前的基础。

分区作战，比学赶帮，确实为奋战在的脱贫攻坚第一线的广大党员干部提供了一个"九牛爬坡，个个出力"的机遇和空间，坚定而出色的战区领导为大家带了一个好头，这应该说是沁源脱贫攻坚重要的经验和财富之一。但是，最重要的，显然还是那些扎根基层，和广大人民群众和贫困户们同甘共苦的乡镇和村两级领导干部以及普通党员。这里，我们只能择其一二叙写，以滴水显示太阳的光芒，以一斑而窥全豹之瑰丽。

王皓，这个名字我们已经不是第一次提及。作为一个长期奉献于基层乡镇的党员干部，作为一个既是女儿，也是母亲、妻子的中年妇女，王皓在担任交口乡党委书记之前已经在不同乡镇工作将近 30 年之多。在交口乡，到 2017 年的时候，王皓也已经干了整整 6 个年头。她跑遍了这里的山山水水，走访过所有的贫困户，与全乡每一个村的两委干部几乎都是知心朋友。她把这里当作是自己的家，她也把改变这个家，建设这个家，使这个家成为率先富裕起来的乡村作为自己奋斗的目标。王皓认为，作为当年沁源围困战的主要力量之一，交口人民有着最坚强的战斗意志，最无畏的牺牲精神，交口最大的两个村子就都以抗日英雄聚集而闻名于世。一个是官军村，当年围困战中涌现出了李德昌、郑士威、胡李和、郭三奎、韩相虎等一批在太岳区都大名鼎鼎的民兵战斗英雄。官军村也被晋冀鲁豫大区授予"抗日模范村"的光荣称号，不仅如此，他们的代表人物，著名的地雷大王李德昌还代表全解放区青年参加了 1947 年秋天在捷克斯洛伐克首都布拉格举行的首届世界青年联欢大会。要知道，参加这次大会的解放区代表只有两人，另一个是后来中华人民共和国的教育部部长蒋南翔。一个是正中村。正中原名叫作坪，意为优良的耕作土地。正是在抗日战争中，这个村的共产党员、中共沁源县二区区分委员兼作坪村的武委会主任赵正中和另一位著名的战斗英雄郭威成一道，带领本村民兵英勇机智地抗击着占领交口并扎下据点的日本鬼子，屡次切断敌人的补给线，打得敌人胆战心惊。鬼子恨透了赵正中这个年轻的共产党干部，派出特务化妆混入山里，跟踪赵正中的一举一动。1943 年 6 月 7 日，赵正中在紧张激烈的一天战斗工作之后，回到自己在村后一条山沟里挖好的窑洞休息一下，谁知正巧被特务看到，连夜赶到交口据点向鬼子中队长斋藤做了报告。斋藤带领人马在不到一个小时的时间内就赶到赵正中休息的地方，将其抓捕回交口据点。敌人以为这下抓了条大鱼，先是给予利诱，只要赵正中肯说出八路军和民兵的驻地，就给他以高官金钱，赵正中不为所动；敌人恼羞成怒，又对他施以重刑，严刑拷打，但赵正中宁死不屈。敌人没有办法，企图用活埋来威吓赵正中，他们把赵正中押往已经挖好的坑边，继续逼他招供，谁知赵正中却面对押来陪绑的乡亲们高声呼喊抗日口号："打到日本帝国主义！""中国共产党万岁！"其英雄气概，令日寇胆寒，令人民鼓舞。抗战胜利之后，为了纪念这位不朽的英雄，人民政府将作坪村正式改名为正中村。

官军和正中，在交口乡的分量之重，在改革开放前的合作化和人民公社化时代突显无疑。当时，笔者在正中村做过一段时间的大队干部，深知农民每年必须缴纳的"公粮"对于公社和大队两级干部来说意味着什么——既关乎层层领导的政绩前途，更关乎你这个公社、这个大队或小队几千口、几百口人的肚皮松紧、生活质量。因此，每到秋收季节，公社的领导就可着劲地让你大队干部多报收成，而大队干部则想方设法压低产量。但有一点是不变的，交口公社作为沁源的主要产粮区，在沁源的农业比重中占有重要的成分，因此在公粮任务的分配中历来是和城关、法中几个农业大社一样的大头，不管县里压下来的公粮任务有多少，反正全公社14个大队，每年的公粮任务光官军、正中这两个大队就得扛下四分之一。大约也就因为这一点，当时这两个大队的主要干部差不多年年都是县劳模，说话气也粗，办事胆也壮，而县里的领导也把这两个大队视若珍宝，这两个大队也都是县委主要领导长期蹲点的地方。改革开放之后，整个沁源的情况已经发生了天翻地覆的改变。重点产粮区的交口在沁源县的经济总量和经济增幅中所占的比重简直微不足道，整个沁源的农业在全县的经济结构中所占的比例同样日益萎缩。农民呢？想当初那些庄稼地里的好把式大都垂垂老矣，下不了地。而真正有能力有文化的年轻人甚至中年人都外出打工去了。其结果就是，包括像官军、正中这样传统的农业大村，真正从事农业生产的人寥寥无几，而其他产业又只听锣鼓响，不见人影来。整个交口乡，上规模、有效益的企业一个都没有发展起来，地里边干活的也都是些中老年男人和留守妇女。面对这样的情况，王皓没有灰心丧气，没有为困难所吓倒。2017年脱贫攻坚，王皓在县里领导和战区领导的支持下，动员一批年轻有干劲又有知识的中青年党员干部回到村里挑大梁，好钢使在刀刃上，准确而有力地完成了脱贫攻坚任务，但是，王皓清楚，脱贫只是最低要求，要使贫困不再，要使交口变样，说到底还得让农民看到种地的效益。在经过一番认真的调研之后，她决心就从交口本地的传统特色抓起，还是在农业上做文章，还是在土地上绘华章。首先，要找准方向，为乡亲们指出一条靠土地不仅可以吃饭，而且可以发财致富的路子。为了这一点，她到处咨询，广泛联系，光手机话费每月四五百下不来。2018年，王皓经过多番争取，从山西汾酒厂家直接拿到了高粱订单，保底收购价每斤1元。这对于交口乡这样的土地这样的气候条件来说，意味着什么呢？意味着每亩高粱正常情况可以有1300~1500斤的收成，也就意味着每亩能有1300~1500元的收入，而一个正常的成人劳动力耕种10亩到15亩的高粱那是轻松得很。而且还有一点，根据沁源县自订政策，农民每种一亩高粱还有100元的补助。这样算下来，那些种高粱的农民，每种一亩，就可以有1400~1600元的收入了。这与传统的耕种小杂粮和玉米谷子两大农作物已经有了天壤之别。一个农民如果一年耕种10亩高粱，他的毛收入就有14000元以上，抛去种子和肥料的支出，纯收入也有12000元之多。而得到这一切只需要投入不到30个劳动日，其他时间还可以去做别的更多的事情，创造更多的收入。必须明白，这种收入因其有着乡政府的牵线搭桥，有着农业合作社与厂方的合同担保，是有保障的。而这一年，由于多种因素，高粱的市场价格为每斤0.95元，也就是说，交口乡政府为自己的农民争取到了至少比市场更高的经济利益。唯一遗憾的是，由于这种政府牵线、合作社经营的模式还只处于开始阶段，一贯小心谨慎的农民，尤其是那些年龄比较大、农业生产经验相对丰富的老农很少愿意去冒这种"风险"，因此，这一年的高粱种植面积只有区区1400亩。对于有着14500亩基本农田的交口乡来说，这个数字还是显得不太引人注目，但是它所起到的示范效应，却已经是明显的了。人们开始发现，原来种地也是可以"发财"的。有了2018年的示范效应，第二年的工作，王皓和交口乡党委政府提前下手，早在2018年冬初就和国内另外一家大型酒类国企——茅台酒厂达成协议，并成功将每斤高粱的价格提高到1.40元。由于茅台方面对高粱的品质有特殊要求，必须采用地膜覆盖，王皓又和厂家要求每亩地增加70元的工本费用。这样，每亩高粱的基本售价就达到了1.47元，这个价格也受到了农民的欢迎。不幸的是，由于50年一遇的大旱，从打种子入土直到将近7月，沁源境内没有下过一场透雨，交口乡境内的秋作物当然也包括高粱近乎绝收。这又向人们提出了一个新的问题：如何才能摆脱靠天吃饭的命运，将庄稼的收成牢牢掌握在自己的手中？2019年的夏天，王皓调任沁源县农委主任，离开了交口乡，但是，整整8年的摸爬滚打、整整8年的荣辱与共形成的特殊情义，将她与交口乡的上万父老乡亲联系在一起，当笔者对这位离任书记的采访将要结束时，王皓忧心忡忡地和我说道："咱交口乡要想真正把农业做大做强，还得在水利上多做文章，没有水利的保证，你的任何计划都会受制于天。当然这也不是咱交口一家的问题，而是整个农业方面的百年大计。我在农委，有一个重要的课题就是不断地呼吁，把水利和农业更加紧密地结合在一起。只有这样，我们的农业才能立于不败之地。"

向土地要财富，王皓在交口可不只是做了种高粱这一件事。当今颇有些名气的长征村支部书记张慧斌所开创的本草合欢谷，信义村正在建设的农家乐旅游观光基地，已经连办三年、越来越成熟的菩提寺风景旅游节等等，这些都将这位女书记和交口乡的父老乡亲紧紧地联系在一起。而在交口的8年，也成为王皓在农委这个岗位上为沁源的农业拓开一片新天地的原动力。

卫文丽，又一位女将，又一位在乡党委书记的位置上干出了优异成绩的巾帼英豪。和王皓一样，卫文丽的青春年华基本是与她生于斯长于斯的山水土地联系在一起的。在全县最偏远的景凤乡，卫文丽这个书记一干就是6年。而她和她的同事们也带领全乡群众把这偏远之地变成了令人垂涎的旅游胜地，绿色天堂。要说起来，总面积只有121平方公里（182000亩）的景凤乡在本就地广人稀的沁源只能算是一个小乡镇。但是，这里却有着将近15万亩的森林和3215亩的水域，也就是说，这个乡的森林覆盖面积已经达到80%以上，而且还有着丰富的水资源，更何况，这15万亩的森林可不是一般意义上的林地，而是国家重点保护的油松原始森林，这水域也不是一般意义上的水域，而是沁河与漳河两大河流的水源地。守着这样广袤的森林，丰饶的水域，自然就有最好的蓝天最新鲜的空气。说景凤是中国北方最优越的天然氧吧，大约没有人会持异议。然而，这只是硬币的一个面，它的另一面却是出了名的封闭、贫穷与落后。在绝大多数人们的记忆中，在全县各项工作的评比中，景凤乡基本是习惯性地处于不受表彰的那一档，从来如此。卫文丽可不服这股劲，党把自己放在这个位置上，那就是对自己的信任，不是常说"为官一任，造福一方"吗？就算不能造福，起码应当让它有所改变吧。卫文丽上任伊始，就下定了决心，靠山吃山，靠水吃水，景凤的优势在山山水水，景凤的特色在蓝天绿树。我们善待大自然，大自然为什么就不能回报我们呢？关键是要找到一个好的切入口。2015 年，早在沁源脱贫攻坚战役总攻开始之前，景凤乡就搞了一个"大行动"。干什么？在沁源县旅游局的积极协助下，搞一个景凤帐篷文化旅游节。这是前无古人的行动，它的前景如何？人家大城市的人会稀罕你这穷山沟，就为来你这里呼吸两口新鲜空气跑几百里上千里路吗？质疑声不小，卫文丽也不是听不见，但她相信，自己的调研，县旅游局专家的专业考察不是无根之木无源之水，不是空穴来风拍脑袋做事。景凤这么好的旅游资源，只要方法得当，这梧桐树就一定会引得凤凰来。景凤，一定会成为有凤凰的风景。

一个响亮的招牌："景凤好，好风景"，在媒体上打出去了，这也是景凤人第一次有了自己的广告，第一次以市场行为来向世界推销自己，宣传自己。应该说，景凤人尽管做了自认为充分的准备，但是当一群群长治人、太原人、北京人开着房车，带着帐篷，来到瑰丽宜人的花海林涛间安营扎寨、放歌舞蹈的时候，他们才发现，还是太缺少此类对外接待的经验了。所谓旅游的六大要素，尽管县旅游局有关方面事先也曾一再强调，但第一次经办这类旅游活动的景凤人还是没有预料到游客们真正的需求。譬如说，景凤人准备了足够的茶水，而且是免费招待的，可是相当一部分客人却更喜欢啤酒；景凤人准备了上佳的栲栳栳和刀削面，可年轻的游客却总在打问哪里有烧烤。供销不对路，这使得部分游客多少有些心情不爽，也使得景凤人失去了一些赚钱的机会。带着这个问题，当又是一年夏天即将到来的时候，这个帐篷文化旅游节还办不办就成为一个新的话题。老实说，包括卫文丽在内，包括不遗余力帮助她的县旅游局局长郭天红在内，心里都多少有些打鼓。然而，事实告诉他们，事实也教育了群众。正所谓酒香不怕巷子深，当回头客们带着新朋友，络绎不绝地来到他们去年曾经来过的地方时，当欢快的歌声再次回旋在青山绿水间时，卫文丽心中那一块忐忑的大石头落下了地。

成功的帐篷文化旅游节，给了卫文丽信心和勇气，也给了景凤人启迪和昭示，景凤是什么？景凤就是当地的桃花源，景凤就是现实的人间天堂。只有把自己的家乡建设好，才有可能吸引更多的人喜欢景凤来到景凤。为着这个目标，2018年，景凤人打出了新的招牌："林海清泉，多彩景凤"。为了使景凤更美好，还是在这一年，只有3000人口的景凤乡在121平方公里的土地上种下了300万株彩色的树。简单的算术题，这一年景凤人人均种树多少株？1000株！必须指出的是，这1000株是秋后算账，也就是说，你种了多少树，不是以春天种下的树苗说，而是以秋天成活的树株算。

2019年夏天，当我行走在景凤河边，徜徉在林涛花海之中，被这一簇簇红色的、黄色的、粉色的、蓝色的好多我根本就叫不来名字的彩色树木和花草所吸引而流连忘返时，我明白了卫文丽的苦心，也感受到了景凤人为把自己的家乡建设成世外桃源、人间天堂而付出的艰辛与努力。

让我们回过头来看一下景凤的脱贫工作。应该说，景凤乡的脱贫是与他们的乡村振兴紧密地联系在一起的。脱贫任务的涉及面之大也是惊人的。仅说危房改造一项，全乡只有819户，就有300户危房，其中需要移民搬迁的就有150户之多。而更为棘手的是当地严重缺乏可以承揽房屋修建的建筑工程单位。为了解决这一系列的问题，卫文丽这个党委书记跑断了腿，磨破了嘴，最后总算在2017年年底之前顺利完成了这一艰巨的任务。

产业振兴是卫文丽在景凤乡打响的第二个战役，为了前面我们已经知道的多彩事业，也为了保护景凤的蓝天碧水，卫文丽提出建设"五无乡镇"——无化肥农药、无荒山裸地、无烟花爆竹、无越级上访、无森林火情。要知道，其他四无尚好理解，这第三项可就在老百姓那里有些通不过。山村里的老学究就和卫文丽摆起了谱："卫书记啊，也不知你读没读过一首古诗，那可是但凡有点文化的人都应该读过的：'爆竹声中一岁除，春风送暖入屠苏。千门万户曈曈日，总把新桃换旧符。'"

卫文丽明白，老先生这是在拿王安石的诗歌来压她了。于是也就笑嘻嘻回道："大爷，王安石这诗应该是小学生就读到的。有什么话您就说吧，不要绕圈子。"

老学究道："卫书记你可知道，王安石贵为宰相，为什么要写这么一首诗啊？为了写过年的气氛。这过年的气氛是什么呢？就是两条。一是放爆竹，二是贴对联。对吧？"

"对啊，"卫文丽回答，"放爆竹是咱们的传统，但那是因为那个时候过年没有个响动不热闹，也是因为所谓放炮可以驱邪避鬼吧？"

这次轮到老学究点头。卫文丽又说："驱邪避鬼我就不说了，要说热闹，咱现在热闹的办法可多了，为什么非得放炮才热闹呢？譬如说，我们可以挂灯笼，张灯结彩庆新春，也可以闹秧歌，欢歌劲舞过春节啊。"

老先生不高兴了："你这是不尊重历史文化。别以为我老朽不知道，现在城市是禁炮了，农村你听谁说过也要禁炮？城市那是因为空气污染，咱这里放几个炮能污染了什么？几千年都过来了，为啥你当官就得改？"

看到老爷子生了气，卫文丽赶忙请老学究坐下，心平气和地和老爷子交流思想，讨论问题。她明确指出，放炮虽然有个传统，但它有现实的问题。因为景凤是林区，是国家重点保护的大林区。这森林是景凤人的命根子，金钵子，而燃放爆竹给森林带来的危害举不胜举。景凤人要想富足，要想安稳，要想守住这片世外桃源、人间天堂，就必须从细节上入手，从根源上禁止一切有可能对我们的大森林造成危害的行为。这一番交心，直说得老学究心服口服。但卫文丽知道，老学究的问题，其实代表的不是他一个人的思想，而是相当一部分甚至是绝大部分群众的思想。为此，她借用县里在脱贫攻坚战役中蓬勃开展的乡村夜校，动员村干部和森林消防骨干分子在夜校的课堂上把禁止燃放爆竹的重要性与必要性向广大群众讲清楚。同时在春节元宵两节期间，广泛开展农村文艺活动，尤其是把那些村里的平时不回来的外出打工者动员起来，让他们参与到自己家乡的文化活动中来，切身感受家乡的变化。这一招果然有奇效。首先是那些从外地打工或当老板回来的人因其见多识广而更容易接受新鲜事物，也更容易理解县里乡里的政策措施。而他们的支持，也使那些原本对景凤乡五项新政不理解不支持的人很快转变了思想，包括最难接受的禁止燃放烟花爆竹都实实在在变成了全乡一体的行动。更为重要的是，通过春节期间的文化活动和农民夜校的濡染，那些已经很多年对对家乡的事情漠不关心的青年人和中年人开始对家乡关心起来了，有的直接就表示出了回乡创业的意向。卫文丽及时而准确地把握住这些崭新的小小思潮，趁热打铁，亲自找他们谈话或通过村干部更进一步引导这些青年人回归家乡。2017、2018年以来，这些措施得到了很好的效果，一个个由这些外出打工又回归家乡的人们创立的新型企业在景凤扎下了根。中草药大面积种植与加工，草莓蘑菇等大棚种植，四星级的农家乐酒家，如雨后春笋般在景凤的青山绿水间成长起来，也为这美丽的世外桃源带来了更加吸引人的勃勃生机。而在此中间，还产生出一组现实生活中的爱恋童话——景凤的"四凤凰"，简而言之就是四位分别有着动人故事的外地姑娘嫁给了景凤的小伙儿。关于这一组故事，笔者将在后面详细讲到。

　　讲完两位女将的故事，我们现在来看一位公安干警出身的乡镇干部。他叫许树锋，他站在那里，确实就像一座山峰，腰板永远是直的，连弯腰也是90度，这大约与他当警察时候对自己的严格要求有关。采访许树锋，最大的好处是你不会听到废话，有一说一，实事求是。采访记录略为整理一下就是完整的素材。在我的印象中，第一次见到许树锋的时候，他穿着一身迷彩服，开着一辆加了保险杠的2020，那是一辆老式的北京吉普，听声音就知道起码跑了不下40万公里，可是这种车的好处是越野性能好，按老百姓的话说，皮实。许树峰一个乡党委书记开这么一辆车，在一般人看来有点"掉价"，但许树锋对我说："这车好啊。咱王陶你知道的，在长治市也是面积最大的乡镇，而人口密度却是最小的。咱的面积有282平方公里，人口平均密度只有每平方公里36人。我在这里做乡长、当书记，最少每两天得下去看一看吧，你说要是没长两条什么路都能跑的腿，那会误多少事啊。"

其实，关于许树锋这"腿"，我是早有耳闻。在沁源，也不只是许树锋，像他这样要把一半以上的时间放在乡下，放在百姓中间的乡党委书记镇长何止三五个？反正采写这本书的时候，我在县城起码待了不下半个月，就没有一次能见到这几位乡镇"诸侯"。只是，在这些能跑的人之间，许树锋又和其他几位略有差别，因王陶乡面积太辽阔，一个乡的面积差不多就相当于有些县份半个县大，而且这里还有着沁源乃至长治市独一无二的亚高山草甸花坡和37万亩的林区。守护好利用好这些资源，是属地官员义不容辞的职责，也是压在他们肩上沉重的担子。关键问题在于，王陶距离县城有点远，多远？如以最远的花坡计算，是60公里以上，以稍近点的乡政府所在地王陶村而论，也有整整50公里路。而这50公里路可不是高速公路那么好走，原本不够宽敞的省道上本来就拥挤着成排成串的运煤车，路况之差，走一次就能让你把吃饱的饭菜颠出来，这还没说遇上个阴天下雨，冬季有雪，那就更够你费思量，这路走还是不走。而许树锋他们是隔三岔五就必须走的。而且往往是正在吃饭，一个电话就得走，深更半夜，刚刚躺下也得走。而每到这时候，你就不能不叹服许树锋那辆平日里看起来就像刚从废旧车场子里拖出来的报废车一样，一下子就变身成武装到牙齿的可以在任何路况下任意驰骋的战车了。许树锋来到王陶乡的时候是2016年的9月，那时候他的职务是乡长，一年零五个月之后又转任王陶乡党委书记。屈指算来，许树锋在王陶已经三年半了。这三年半，王陶乡的变化有多大？这些年来，王陶整体的变化又有多大？40年前，笔者曾经在王陶乡政府所在地的王陶中学待过整整3年，不客气地说，王陶的每一个村庄，每一座山，每一条河，甚至它每一个村庄的人文典故，不敢说了如指掌，起码也是大致了解。一般来说，无论什么人，谈及王陶的过去，要想在我这里瞒天过海大约是不那么容易的。可能也正因为如此，当我问许树锋咱们的采访要去哪里看看时，这位党委书记马上就把皮球给我踢了回来："郭老师，你说去哪咱就去哪，想看啥就看啥。"

于是，我们的第一站来到百草村。

百草之所以叫百草，乃是因为据说上古时候，神农氏尝百草就在这里待过很长时间。又因这里确确实实生长着许多野生的中草药，诸如黄芪、黄芩、黄连、猪苓、党参等等数十上百种，是很久以来中草药名家心向往之的地方。对于百草，笔者不能说有多熟，但至少不算陌生，20世纪80年代初几乎是每年都要来几次的。盖因当时有同事兼朋友就是这个村子的名人，而百草距离我任教的王陶中学不过数里路程。那时的百草，在我印象中最突出的是这里的家族文化，简而言之就是李氏家族的传统文化。百草的李氏在沁源是很有影响的一个家族。根据李氏祠堂内存资料的记载，这里的李氏最晚在明朝初年就已经是本地一个大户。因为这个李氏祠堂的建筑年代是在明朝中叶。李氏的世系排名，在百草也有着极严格的序列，是为："百子登朝，世有恩情，正生元光，若能治家，常怀兴宪，木果月恒……"百草的李氏祠堂规模并不很大，但它的作用在旧的时代可不能说不大。因为这个村子里80%以上均为李姓，即或有零星几户外姓，也都是因与李氏有姻亲关系才得以入住。这就为这个村的治理带来了一个特殊的状况：家族自治往往更强于村政治理。百草李氏有着他们自己的家规家训，譬如族中子弟不得有嫖赌吸毒者等等，违反族规的处罚照例是在祠堂公开示众。又如，族中各房各户之间的种种纠纷，也必在祠堂由族长与族中长辈公议处理。不论长幼贫富，只认族理族规。这样的家族规矩，事实上也是一种文化的传承。而据笔者所知，起码在沁源，这样的家族文化还真不算少。以笔者本人所在的村子来说，我们郭姓就有村里唯一也是最正宗的祠堂。这祠堂管的事也着实不少，有一条在我看来就很有积极意义。什么事情呢？在民国时期，我们作坪村郭姓竟然有这样的族规：凡郭姓子弟，只要考学成功，无论贫富，父母均不得以任何理由不让子弟上学。家中确实贫困者，学费由族中付给。也就是说，穷人家的孩子上不起学，由族中公费供读。而这笔钱是无须偿还的。一个活生生的例子，作坪村新中国成立后最大的官，一位"文革"前的13级高干和其兄（14级干部），他们兄弟俩就是由族中供给上完高小的。而那个时候，八路军中的高小毕业生已经是比较稀罕的知识分子了。

当然，任何事物都有其正反两个方面的存在。在百草，李氏家族文化和李氏祠堂既有其积极的一面，也有着不可忽视的消极的一面，有的甚至就是必须摈弃的糟粕。诸如逢年过节时的宗族聚会，烧香叩拜，封建迷信，还有种种亲朋交往之间的繁文缛节等等。面对这样的情况，2017年，在脱贫攻坚的同时，当时的王陶乡党委书记徐靖、乡长许树锋和沁源县旅游局住村工作队队长郭天红一致认为，百草的宗族文化和李氏祠堂的存在是既存事实，如果利用得好，我们可能把它转变为加强社会主义新农村文化思想教育、提高农民思想文化的阵地。相反，如果不能因势利导，让那些带有封建迷信色彩的东西或明或暗地发挥它的作用，则会给我们的脱贫攻坚以至今后的乡村振兴带来不可预知的后患。为此，他们与百草村两委同心协力，针对百草村文化底蕴深厚、文化人才众多的特点，以李氏祠堂为文化学习和文化传播的中心和基地，在此开办了绿色沁源小夜校。农闲时节和农忙时的晚上把大家召集起来，请专家和讲师为大家传授农业科学知识、脱贫致富技术以及时事政治等等。一开始，村民中还有人不太愿意，或者来也是应付差事，装装样子，有的更是碍于家族情面（因村干部大多也都是李氏族人）来凑凑数而已。可是，没几天，人们的情绪开始改变了。因为他们发现，现在的绿色乡村小夜校它来真的，实实在在地给你讲授知识，还有县里统一分发的教材资料。更重要的，这夜校还有丰富多彩的文化活动。譬如书法绘画课，与这些课程相联系在一起的乡村书画竞赛和会展。这一下，历来讲究文化颜面的百草人上心了。2017年脱贫攻坚最较劲的时候夜校开办，经过将近一年的学习和训练，到2018年冬举办百草村农民书画会展的时候，全村600余口人，常住人口不超过500人，参加会展的作者就有120多人，具有一定水准的作品也有七八十幅，相当于全村每两家就有一家的作品上了展堂。其中一部分作品还被县文化馆收藏，参加了沁源县举办的县一级会展。而通过这一系列文化活动，李氏祠堂这个原先家族文化的活动中心成为乡村振兴的科学文化中心。村民们，不论是李氏族人还是外姓"旁人"，有事没事的也都愿意往这个中心汇聚，不为别的，就为感受那么一种气氛。而这种情况在以前是绝对不可以想象的。外姓人到李氏祠堂，李氏不欢迎，外姓也不买账。而现在，这里却成为村民们移风易俗，科学种田，发财致富的学习课堂。2018年清明前夕，为了响应政府移风易俗的号召，改革清明祭扫的传统陋习，百草村两委在李氏祠堂召开了村民大会。主题就一个，破除传统的祭扫习俗，清明祭扫不烧纸。这样的工作，以前不是没做过，但每一次都流于形式，因为李氏家族中一些长者不支持，他才不管你村干部怎么说，我行我素，大不了我在烧纸的时候挖个坑，备点水，保证不引发山火就行了。而村干部们则睁一只眼闭一只眼，看见就当没看见。久而久之，百草村也成为整个王陶乡这项工作的老大难。这一次，乡党委书记许树锋亲自来到百草村，先找村两委干部谈话，还没说明要来干啥，村里的支部书记和驻村第一书记就说："许书记，这一次请乡党委放心，我们保证清明那天全百草村不会有任何一个坟头有火种。"末了还加上一句："我们可以立军令状。"

许树锋清楚，"立军令状"这词可是半年前脱贫攻坚战役分片之后最流行的用语，这一来二去竟成为村干部们的口头禅了。

许树锋旁观了这天晚上在百草村绿色小夜校也就是李氏祠堂举行的村民大会。会上，当村支部书记讲完之后，最先表态的就是李氏家族辈分最高、年龄最大威信也最高的长者。老人侃侃而谈，说，李氏祠堂的建立，目的是团结子孙教育子孙，光宗耀祖。可事实上大家都清楚，在过去的岁月里，咱百草咱李氏可曾家家户户都摆脱过贫困？如今共产党的政策好，让咱村咱李家再没有贫困户，光凭这一条，咱不听共产党的话听谁的？

村支部书记趁热打铁："老祖宗说得好，咱不听共产党的话听谁的？现在党号召我们文明祭扫，绝不是不孝敬祖宗，而是以更加文明的形式孝敬祖宗。大家想一想，清明烧纸引发山火这样的教训难道还少吗？烧掉老祖宗给我们留下的山林难道那就是孝顺吗？"

大家反响热烈，一致表决：文明祭扫，决不烧纸，从我做起。谁不守规矩，谁就没资格再做李家子孙，谁就没资格再做百草人！

一座祠堂，成为一所乡村文明夜校，也成为这个村子的文明活动中心。这改变的背后，是这个乡、这个村的当家人多少心血的凝聚？同样在百草，同样在李氏祠堂，许树锋还让我领略到了这个药材王国里中药材的丰富品种与优良品质。仅仅是2018年以来王陶乡大力发展中药材产业的两年时间，百草村的中药材种植已经上升到一个崭新的阶段，2019年，全村种植黄芪40亩，亩产可达350斤，每斤市价28元，仅此一项即可收入39万元之多。而其他中药材，尤其是在业界享有盛誉的沁党参、柴胡、黄芪、红参、甘草等也正在形成规模，预期将会产生更大的效益。这样，真正使全村百姓家家户户都成为百草这个中药材王国的"既得利益者"。

百草一行，让我感慨不已。王陶乡的脱贫攻坚已经把这个我曾经熟悉的地方变成了一个几乎陌生的所在，令我有点儿恍惚。当我在许树锋的陪同下走进同样是我曾熟悉的另外一个村庄，在王陶地区以贫穷而著名的王头村时，我才真正确认这种变化绝非是一时一地的那种粉饰，而是遍及全乡全体群众的那么一种真正的变化。

王头村，位于王陶乡西北部，全村现有187户，438口人，却有耕地2450亩。这在以工矿业为经济支柱的王陶乡来说，绝对是个另类。它没有任何的矿产资源，也几乎很少有人愿意去挣钱多的煤矿上去务工。在合作化时期，或者说更早的农耕经济时代，王头村应该说是十里八乡最好的地方之一，因其地多人少，且整个村庄就是完整地扎在一片硕大的黄土地上，土地肥沃，又有河流于村前四季不息地流过，可以说具备了农耕经济的最优越条件。王头人也不负天赐，将庄稼地伺候得妥妥帖帖，在那个时候曾经拿过无数次的农业生产丰收奖状和奖章，光鲜靓丽的锦旗也挂满了村办（大队办公室）的墙上。可是，正所谓三十年河东，三十年河西，当改革开放兴起，王陶乡一带村村办企业处处有煤矿的时候，这里却是寂静得很。王头人看不上庄稼人不务正业，可是自己种的粮食却越来越不值钱。后来，年轻一点的人们开始外出打工，到外面的世界去谋求一份新的生活，村里的大片土地逐渐处于荒芜或近似荒芜的状态。

2017年，在沁源县大力开展的脱贫攻坚战役中，经过县乡村三级干部和王头村民的努力，王头村摆脱了贫困的帽子。当时的主要手段是：国家给予无息贷款，贫困户带资入股，参与企业的年终分红；村里利用贫困户家庭住房的房顶铺设光伏板，将发电带来的电费分给他们。这样做，几乎是每个贫困户足不出户就可以分得每年四五千元的经济收入。但是，没有产业，缺少创意，仍然是王头人面临的客观现实。从长远看，不利于经济的发展和未来的乡村振兴。如何才能找到一条符合王头村自己的发展道路，使王头村和王陶乡的其他村一样不为时代所落下？怎么样才能因地制宜地使这个村传统的农耕优势继续保持并发展下去呢？许树锋动开了脑子。也是天有巧合，当许树锋在为空有王头村广袤的土地而犯愁的时候，时任沁源县农委主任、具有多年农村工作经验的马国威却正在为寻找一大片农田用以试验他的一个现代农业项目而跑断了腿。因为马国威肩负重任；因为这个试验项目是马国威经过多番努力才从省农科院争取来的；因为马国威深知这个项目对于一个县的农业经济现代化具有多么重要的示范作用。那么，这是一个什么项目呢？且听其名，再析其意。这个项目就叫：绿色有机旱作农业特色示范项目。项目要求在大面积的土地上实现机械化耕作，要求全过程使用有机肥，百分之百取代化肥，实现真正意义上的绿色有机特色农业，以求在当今日益高速发展的农作物市场上打开一片新天地。

本来，在马国威看来，沁源适合做这个项目的村庄有的是，可是真正到了让他带领省里的专家来选其一二时却犯了难，因为，首先这个项目推广的是高山旱作农业，这就要求其地之海拔不能低于1400米，又因项目采用机械化作业，这又要求实验用地必须是大面积的连片平地或坡度不大于15度的坡地。别的不说，仅这两项，就够难找的。因为海拔的问题已经排除了县城或交口乡一带自然条件要优越得多的那些地方，而大面积连片平地的条件又使得像我们前面说过的百草等人多地少的村庄根本没有资格。总之，看来看去，只有王头村合适。一个并不算偶遇的场合，许树锋与马国威以及省里的专家一拍即合，现场查看，方案预设，一个大馅饼从天而降。许树锋回到王头村来，找村两委班子开会商量，村委支委一致表决支持，消息传出来，全体村民更是拍手叫好。这当然与王头人骨子里便有的那种对土地的热爱和对土地的投入有关，更与脱贫攻坚以来，乡党委在县委的政策指导下实现村两委班子的年轻化有关，因为只有这些接受过现代文化和科学技术熏陶的年轻人才更能够理解现代化对于一个村庄、对于一个产业的意义所在。

接下来的事情对于王头人来说那是轻车熟路：平田整地，建设水平梯田，整修地埂，加厚耕作土层，做好农田防护，强化蓄水蓄肥能力。为了实现整体有序耕作，王头村还成立了自己的山西昂头农业开发有限公司，全体村民均为原始股东。这样就在接下来的行动中实现了"龙头企业+科技组织+基地+农户"的生产方式，使得在连片大面积土地的耕作过程中无须费心土地流转的问题，也不涉及土地承包30年不变的基本原则。而村民也把自己与公司的利害得失有机地联系在一起。2018年，王头人用自己的900亩良田和100%的绿色作业，收获了亩产140公斤的优质高山莜麦，每亩产值近800元。这对于世世代代热爱这田地，倾心于耕作的王头人来说，无疑是最好的回报。

时光流转，2019年，又是100天的劳心费力，又是100天的精耕细作，又是100天的汗水流淌，这年11月，一个艳阳高照的秋日，当在许树锋的陪同下来到王头村的时候，我为眼前这一幕曾经在梦想中想象过，也曾在国外的影像资料中见识过的大规模现代化农业生产的场景陶醉了。是的，20世纪中叶，一位伟人在欣赏秋天的丰收时写下两句广泛传颂的名句："喜看稻菽千重浪，遍地英雄下夕烟。"而今，出现在我眼前的正是这一眼望不到边的麦浪，但遍地奔波的却不再是"英雄"，而是替代英雄们高速前进、高速转动的联合收割机。眼看着一片片金黄的莜麦在机器所到之处齐刷刷倒下，再看莜麦在那庞大的机身中转瞬分成金灿灿的麦粒和粉碎成粉末而重新回归土地的秸秆，我真的陶醉了。是的，这曾经是我们的梦想，我的梦想！这样的农业才是未来中国大农业的方向，而今，在我曾经熟悉现在却有些陌生的地方终于找到了。我为王头人祝福，也为我家乡的农民能够走向现代化农业而歌唱。

须知，这滚动着联合收割机的田野是整整1000亩绿色无公害高产莜麦，它的产量平均每亩至少200公斤，价值800元以上，也就是说，只有438口人的王头村，仅在这一块土地上，他们的人均收入就已经达到1800元以上，除去正常的投入，也可以人均分配1000元左右。而在这之前，1000元几乎是他们全部的人均年收入。机械化绿色无公害的大农业，给王头人带来的不仅仅是经济的翻身，更是他们迈向明天锦绣前程的通途和信心。

这一切，当然归功于党的农业政策，归功于脱贫攻坚给新一代农民所带来的心劲与动力。这就叫"正能量"。

在沁源，在脱贫攻坚的第一线，类似于王皓、卫文丽、许树锋这样的乡镇领导还有很多。但是，包括这3个人在内，他们没有一个愿意接受我的采访，而是众口一词地希望多写一写那些战斗在扶贫工作第一线的普通干部和广大的人民群众。"政治路线确定之后，干部就是决定的因素"，在扶贫或曰脱贫攻坚的战役中，这同样是一条颠扑不破的真理。那么，就让我们来认识一下几位具有代表性的扶贫干部吧。

1. 盖房队长史海军

史海军，2016年10月，还是沁源县疾控中心的副主任的他，担任驻王陶乡益子沟村的驻村帮扶工作队队长。这时的益子沟村又是什么状况呢？说一个简单的数字。从户口簿上看，益子沟村全村124户，在册人口318人，可是，当史海军来到这里的时候，全村的常住人口统共只有82人。不用说，这82人除极个别外几乎都是老弱病残和极少的儿童。而这是一个拥有耕地750亩，林地1000余亩，荒山1800亩（曾经可以打粮的山坡地）的行政村。

可以想见，当史海军来到这里的时候，虽然正值10月金秋，益子沟所能看见的却只有一地枯黄。只用几天的时间，史海军走遍了全村每一户人家，尤其是对于8户16人的精准贫困户进行了深入细致的了解和访谈。现实的情况是，这8户16人简而言之就是一句话：非病即残。所有的贫困户，他们的住房都是一个样式，破旧而昏暗，透过墙缝和屋顶的漏洞可以清晰地看到外面的天空。而这些房屋的主人，无一不是眼神中充斥着无助与无奈。这一切，深深地刺痛了史海军的心。他真的不敢想象，在中国、在沁源，在自己自以为熟悉的家乡，竟然还有这种现象的存在。也就是从此刻起，史海军在心灵深处植入了一个不可磨灭的信念：一定要尽己之力，在最短的时间内，让他们能够住上安全的住房，最起码冬可以保温暖，夏足以遮雨水。万事开头难，史海军把这件事的开头定在了村干部们一致认为最难的王开政老人家。

王开政、崔彩凤夫妇，均已 65 岁。王开政生性木讷，以放羊为生，家中一应事务全部压在妻子崔彩凤身上。要说崔彩凤，可是要强之人，但偏偏身体多病，高血压、冠心病久病缠身。和那些单身五保户不同，这个家庭还有三男两女，按说修个房子应该不是太大的难题。可是仔细一分析，问题就出来了。两女如今都已出嫁，日子过得也并不宽松，长子患病多年，根本没有劳动能力，不仅不能帮上父母，老两口为其看病还掏光了积蓄又兑上一堆外债。次子倒是自力更生，但刚刚成家，也因此借了外债。三儿子是自由身，离家外出打工已经整整 7 个年头没有回过家。就这样，老两口拖儿带女一辈子，日子过得艰难，始终没有属于自己的房产，只能一直借住在别人废弃的房子里面。史海军下定决心要帮王开政建房，可这事想想是好，算算账就难了。史海军只和工队小做预算就算出了一个连工带料共需 11 万人民币的数字，而王开政所能拿出的全部资金只有 1500 元。杯水车薪，怎么办？史海军替王开政召开了一个家庭会议，二儿子在懂事的媳妇鼓励下，决定借也要帮父母借到 3 万元，二女儿为史海军的真情所感动，一边流泪一边说，自己也要借 2 万元给父母。史海军心里有底了，剩下的，求工队再压一压，自己找辆车来把土方工程做一做，如此只缺几万元就好说话了。然而，正应了那句老话——天有不测风云，人有旦夕祸福，动工的日期分明已经谈好，工队和史海军找的料已经开始运进工地，而二儿子的资金却迟迟不能到位，二女婿偏偏在这个时候出了车祸，钱上出现了大问题。而这时，已经是雨季即将来临的时光了。

怎么办？再一次的怎么办。从来万事不求人的史海军向王陶乡党委和政府伸出了求助的手。乡党委书记徐靖和乡长许树锋十分重视这个问题，他们亲自协调，以8折优惠的价格赊购了90000块砖，又以每立方米低于市场价10元的价格解决了石料和沙子的问题，最后还以进货价买进了水泥。

2017年8月20日，王开政的房屋正式开工，二儿子回来了，还带回了10000元钱，同时承诺当房屋第一层封顶时再直接支付工队20000元。可是，这个承诺再次落空，钱没回来，人也联系不上，电话都关了。史海军如坐针毡，可是，看一眼王开政一家人的眼神，他的那颗心又软了。

怎么办？这个问题又一次落到史海军身上。有困难找组织，组织也在时刻关心着扶贫工作第一线的同志，王开政家房屋的问题早已进入王陶乡党委政府的视野，他们也为史海军找来了最切实的解决问题的办法——沁源县最大的民营企业沁新集团子公司长沁公司慷慨解囊，为王开政的房屋拿出4万元的资金，停工待料的困境终于挺过，雨过天晴，王家的新房计日可待。就在这时，史海军接到了王家女主人崔彩凤的一个电话："史主任，对不起，因为我们的家事，你受累了。我们……"电话那头是无言的沉默，而电话这边，史海军的眼眶也渐渐湿润。

又一个金秋十月，益子沟的境况已经发生了巨变，田野里不再是荒凉与凄冷，莜麦金黄，土豆丰收，而王开政崔彩凤家刚刚建成的5间新瓦房和其他几户贫困户的新房一样地让人眼前一亮。

2. 满意书记史云彪

史云彪担任赤石桥乡姚壁村第一书记的时间是2017年4月，上任伊始就迎来了一次特殊的考核。考官：这个村的村干部；考题：上面要求咱村改造厕所，别的不说，村级活动场所建一个标准厕所总是应该的吧？可这事我们是实在拿不下来，有了第一书记这下可就有指望了。另外呢，还有这个改造自来水，人家村吃水都没问题了，咱姚壁怎么办就看你第一书记了，我们是真没办法。说话的口气是相当的客气，商商量量，可内里隐含的意思却一点也不客气：你是第一书记，那就拿出个第一的样子，做点儿实在事。史云彪不是不知道其中内涵，但他却痛痛快快答应了。原因也有两条：第一，这两件事本来就是层层级级都要求做的，姚壁村没有做，这就是差距，你第一书记当然应该挑这个重担，把它给做了，还得做好才行。第二，换位思考一下，你个天天坐办公室的来到我这里就要发号施令，凭什么？史云彪带着这些问题找领导汇报，尤其指出，姚壁村目前的状况，确实需要做些事情来振奋一下士气。而他自己更是真正扎根村里，在群众中寻求解决问题的方案。史云彪的工作得到了县政协领导的大力支持。沁源县政协主席马建峰、副主席郭黎明帮助史云彪出主意想办法，联系有意向的企业家介入扶贫事业。这一来，很快就为姚壁村筹到了近100万元的专项扶贫资金，用以改造这个村的基础设施，发展扶贫产业。

　　第一炮打响，村干部、村民们跟这位看起来有些年轻的第一书记也自然亲近起来。史云彪与驻村工作队趁热打铁，发起一场改革：全村动员，整顿村容村貌、户容户貌，改变个人生活卫生习惯。很短的时间里，整个村子面貌一新。但是史云彪明白，真正要使多年积贫的这个村子从根本上去除贫穷的根，光有精神面貌不行，还得有真格的可以实实在在能够赚钱的造血功能，而这个造血功能就是产业，就是能够让老百姓参与其中的本地企业。姚壁村当时有个叫作兆丰源农业开发有限责任公司的企业，从事草莓种植。按说这项目市场有销路，前景应属不错，但是因为资金短缺，一直没有大的起色，对村里的经济状况改善没有起到大的作用。史云彪在几次深入现场考察、认真分析具体情况之后认为，企业的前景是光明的，只要输入资金，就能发展壮大，而这类企业的特点是需要大量人工参与，且不需要太高的技术含量，这又为乡亲们参与务工提供了可能。史云彪向乡党委和政府汇报了情况，他的建议得到了时任乡党委书记李飞和乡长孙晓晔的大力支持。正巧县里出台扶贫资金整合政策，在乡党委政府的争取下，这个企业获得扶贫资金70万元。资金的到位，也使得兆丰源具备了发展壮大的功能。企业法人李高峰主动向乡里和村里申请，希望有更多的乡亲参与企业的发展，同时也为乡亲们的脱贫尽一份力。于是，一个由政府注资，村民参与，集体资产收益分红，贫困户劳力参与务工的发展模式得以诞生。全乡5村34人来到兆丰源，成为这个企业的常年务工者。这样做的结果是，不仅每个贫困户每年都可以得到1500元的利润分红，每出勤一天还可以得到60～80元的劳务工资。与此同时，企业的全年利润的30%上缴集体，村集体也有了一笔可以持续发展的基金。一招棋，激活了全盘棋，姚壁村变了，而姚壁村的变化也为整个赤石桥乡的变化输入了活力。

解决了贫困户经济收益的问题，史云彪又把眼光盯在了危房改造上，这是一个令人头痛的问题。按说，由政府资助贫困户改造危房，这天大的好事难道不是做梦都应该偷笑的吗？可实际工作却全然不是如此。在姚壁，最应该改造危房的标准的五保户加贫困户李林春就不买这笔账。工作队、村干部，多人多轮次找他签署由政府帮扶的危房改造协议，但李林春就是两个字："不签！"

李林春为什么会将人们眼中的好事拒之门外？史云彪经过调查分析，才知道李林春虽然身患有病（间歇性精神病），且是五保对象，但本人历来不愿委屈求人，自尊心很强。举个例子，李林春喜欢喝酒，但他却基本上不到别人家去喝，只在自己家里才喝。在了解这些情况之后，史云彪自己买了酒和肉，直闯李林春家里，将酒肉一放，然后说："老哥，我的酒肉，你做饭，这算公平吧？今天咱们俩喝个痛快好不？"

李林春没有吭气，却默默地把肉摊开了放在案板上用刀切。史云彪心里一股喜悦：有门。可是当他和李林春真正坐下来喝酒吃菜时才发现这个门并不那么好开。那菜实在是太咸了点，而且不知怎么搞的，似乎所有的菜都是被烟熏过似的，令人难以下咽。再看主人，李林春却一大口一大口地吃得挺香。史云彪心想，这菜再难吃，毕竟它不是毒药，老李能吃，你史云彪就必须得吃。不然，你拿什么去和老李拉家常？

心态端正了，史云彪觉得那菜似乎也不那么咸，不那么烟熏味重了。而李林春呢？看到今天这位干部竟然能把自己特意制作的菜吃得下去，也不由从心底升出一分敬意，两个人，你一杯我一杯，互敬互应，几杯老烧酒下肚之后，李林春打开了久久关闭的话匣子，讲述自己的苦恼与曾经的快乐。李林春的回忆，使史云彪了解到，李林春素常为人耿直，而且是个十足的大孝子。老李年轻时候病情并不明显，那时喜欢他的女孩子也是有的，但因为父母有病，需要伺候，一时间成为一些人眼中的累赘，而李林春则对二老不离不弃，直到养老送终。只是这一来二去就耽误了青春年华，身体也出现了毛病，以致至今未娶，成了一条老光棍。听了老李的遭际，史云彪一再夸奖了老李的为人尤其是难得的孝顺，这也使李林春十分感动，他当即表示只要史云彪说的话，自己一定相信。于是危房改造的协议顺利签署，顺便连另一件同样难办的事情——带资入企的协议也一并通过。老大难成为"不再难"，史云彪这个第一书记也成为五保户李林春最满意的兄弟与朋友。

3. 眼镜书记张建刚

"眼镜"这个绰号是韩洪乡石台村村民给他们的第一书记张建刚的礼物。

2017年5月，张建刚来到韩洪乡石台村担任第一书记。来的那一天，第一书记是背着一大包有关农村经济的书来到村里的，这与他的本职工作有关，因为他供职的单位乃是沁源县农经中心，而他的职位是这个中心的办公室主任。但在石台村村民的眼里，这个书记实在嫩得可以，说他30多岁，也就和20来岁差不多，突出的标志便是那副深度近视眼镜。这年头，虽说在城里眼镜早已是烂大街的了，可是在沁源农村，在古老的石台村，眼镜还是稀罕物。当然，村民之所以一开始就为这位第一书记送上一个雅号，往小了说是觉得这位书生成不了大事，往大了说就是拿第一书记不当干部。张建刚也确实不太像

"干部"，没有令人激动的发言，也没有立竿见影的动作，放下他那些书本就在村里"圪转"，走东家，看西家，上上山，钻钻沟。对于村民的反应，张建刚不是一点不知，但他只是一笑置之。几天之后，整个石台村在他的心中已经有了一个基本的轮廓。石台不大，但很古老，村名始于何时，尚无考证，但至少在明代这个村即有"石台夜月"的风景名胜被誉为"沁源八景"之一。明万历版《沁源县志》载："石台夜月，在县西北七十里石台村东南有一孤峰，突起如簪，四面如削，高二百余尺，其峰如石如镜，每夜光明照耀一川，即《山水记》如匡庐之圣灯，华岳之神灯。盖山灵精气所发也，俗误为月。"

关于这"石台夜月"，还有着许多美好的传说，在当地文化中自成一脉，也激励着石台人奋发向上。在近代以来尤其是抗日战争和解放战争中，这里走出了许多英雄豪杰，至今遍布于祖国南北东西，四面八方。然而，就是这样一个应该有所作为的名村，这些年来的发展却不景气。30年前曾经是五六百口人的大村大队，现如今只有153户391口人，常住人口更是不到半数，而这其中却有贫困户17户共39人。村里集体经济为零，所有的资本就是人均一亩半并不算肥沃的土地和一条土石交混树木凋零的山沟。石台村基本情况就是如此，但2017年年底实现脱贫却是不得不完成的任务。作为共产党人，承诺如金，誓言如铁，那么，石台村的脱贫路在何方？

功夫不负有心人，张建刚的腿功还真为他蹚开了一条看似崎岖实则通畅的道路。因为他发现，就在一条无人过问的山沟沟里，有一座由本村人开办的养猪场。关键问题在于，他养的不是普通的猪，而是由家猪和野猪杂交而成的二代山猪。这种猪的肉在沁源山区那是不值钱的，但是张建刚农村经济研究所里获得的知识告诉他，这山猪肉一旦走出山区，来到大城市的超市之类的场所，那就身价倍增。现在这家山猪养殖场的规模受资金短缺的影响，一直是小打小闹，顾本经营。如果能够为它筹集到足够的资金，那它的前景就可以彻底转变了。恰逢长治市和沁源县推广资产收益扶贫模式，张建刚不失时机地抓住这个机会，先与村两委商量，达成一致，然后紧接着召开村民代表和两委联席会议，最终达成共识，按照"资金入股、配股到户、保底分红、脱贫转股、共享收益"的原则，采取"合作社+村集体+贫困户"模式，整合全村可享各类扶贫资金共10万元，投入山猪养殖专业合作社，折股量化到村集体，既满足了养猪专业户的资金需求，扩大了生产规模，又保证了扶贫资金的有效使用，避免了盲目投资和无效投资。这样做的效果是，养猪场由原来的小本经营实现了规模的扩大化、正规化，经济效益也由原先的保本微利达到了年收益20万元以上，贫困户由此一项即可户均收入2000元左右，而集体经济也由原先的零收入实现了每年不低于3万元的增加。

而对于张建刚来说，仅仅一个山猪养殖项目的促成，第一书记那副深度近视眼镜很快就由书生与少不更事的标志转变为智慧与知识的化身了。村民们有事更多更主动地来找他们的第一书记了，即便是婆媳不和这样的事情也成了必须要第一书记调解的业务了。而此时的张建刚所想的却是养猪场之后石台村更大更长远的发展。

譬如，石台夜月这样闻名县域内外的景区如何开发？天蓝水碧的石台山林如何保护？等等。

4. 警官书记叫杨谋

村里来了一位警官书记，他叫杨谋，看那办事的样子还真是阳光正气，不搞阴谋。

2017年4月，身为沁源县公安局干警的杨谋受命来到李元镇半沟村担任第一书记。说起来，半沟村所在的李元镇在沁源县在长治市都是排得上号的富裕乡镇。只因这个镇上驻扎有产值沁源县排名第一、全省排名也居于前列的大型能源重化工企业沁新集团。想想也是，沁新集团一年上缴税收就将近10个亿的人民币。身处沁新所在的地盘，你只要和它挂上点儿钩，就算人家牙缝里剩给你一点儿，你这个村也足以年年有余，家底盈实得很了。可是，半沟村偏偏不是这样。虽然与沁新集团近在咫尺，村里却与这家大型企业几乎毫无瓜葛。全村64户182口人，2016年建档立卡的精准贫困户就有22户72人，也就是说，当时这个村的贫困户还占有几近40%的比重。经过2016年的全年努力，脱贫9户20人，当杨谋到来的时候，还有贫困人口13户52人。而这剩余的人和户显然都是相当难啃的"硬骨头"，真贫困。说完个人，再看集体。整个半沟村身在煤炭资源大镇却无半点煤炭资源，更没有其他值得一提的集体经济。全村集体收入，2016年为零，2017年到杨谋到来的时候仍然是零。

"天下事难不倒共产党人"，这句话牢牢记在了杨谋这个共产党人的心里。共产党人靠什么？靠群众，靠广大的人民群众。杨谋到任第二天就在村委办公室门口挂出一个"第一书记意见箱"，欢迎群众踊跃提出建议意见，实名或无记名都可。而且保证每日必答，及时反馈。紧接着，他又自己出钱印制了一批党和政府有关的扶贫政策传单，将它们分发到群众手中，并随机解答问题，帮助广大村民了解党的政策。这一来，群众的认识提高了，来自底层的意见和建议也就一一来到杨谋案头。贫困户田守华是家里唯一的壮劳力，原先也曾在外打工，当过一个时期的锅炉工。因为年近五十，身体状况不比从前，锅炉工的工作就干不成了。可是老田还是愿意外出打工，一来可以为家庭解决收入问题，二来也摘掉一个贫困户的帽子。只是老田为人实在，寡言少语，自己找不上工作。杨谋了解这个情况后，主动和附近的几家企业联系，希望能够解决这个问题，但人家都以老田年纪大、没有其他技术为由给挡了回来。杨谋有股子倔劲，谋上的事那还真是不达目的不罢休，他又打电话找到自己在沁新刚玉厂当厂长的朋友，看看人家那里有没有合适的工作。别说，到底沁新的摊子大，岗位多，朋友听说杨谋是为了助人脱贫，很给这个面子，而田守华也很争气，一去面试，合格！老田的问题解决了，杨谋的心事算是放下了。

就是本着这样的精神，几乎是如出一辙，不到一个月的时间，杨谋为村里有能力也愿意出去打工自食其力的贫困户常庆伦、田旭明、王海瑞等人找上了工作，还帮助4名贫困户的大学生到县里的公益岗就业，这一来，13户贫困户的问题已经解决掉一半。现在轮到杨谋为那些实在没能力出去打工的顶级贫困户想办法了。

办法在哪里？杨谋的办法是因地制宜。虽说半沟没有资源，但是半沟拥有在附近十里八村相对肥沃的土地；虽说半沟没有厂矿，但是半沟拥有四通八达的便利交通。而且正因为附近厂矿林立，也就为农产品尤其是蔬菜瓜果类的产品提供了最好的市场。杨谋积极和村两委商讨，与贫困户协商，最后，大家一致认为种植蔬菜不失为一个好的项目。

杨谋说干就干，跑资金，跑原料……在有关帮扶单位的大力协助下，仅仅20天时间，投资10万元的10座大棚在村头建了起来。又经过两个月的运行，这些大棚已经产生了极好的效应，生产出来的蔬菜极受附近工矿企业的欢迎，因为半沟的菜要比那些从外地长途运输回来的蔬菜新鲜多了，而且保证是真正绿色产品。这个项目，一者解决了剩余贫困户可能参与劳动者的务工创收问题，二是为村集体的经济积累打下了良好的基础。现在，杨谋和村两委的下一个课题是：在已经脱贫的基础上，再多建几个大棚，为半沟村的乡村振兴勾勒出一幅美好的画图。

5. 琵琶园里有樊龙

樊龙，沁源县安监局应急中心主任，2017年4月的时候，组织上委派他到官滩乡琵琶园村担任驻村扶贫工作队队长。由应急到扶贫，应该是一个由急到缓的变化，因为这个贫不是一天造成的，脱贫也不是一日之功。可是，在樊龙眼里，这脱贫就等同于应急，那是刻不容缓。

琵琶园，一个多么富有诗意的名字，乃是因其地势而得。盖村前有一河流，为沁河主要源头之一，河水沿着村边蜿蜒而下，开合有序，形成三个琵琶状的地形。这也为琵琶园村圈进了沿河一带肥沃的土地。746亩土地，平均每人两亩半以上，如以常住人口而论，那就达到了人均土地4亩还要多，简直是农耕经济的理想乐园。然而，现实中的琵琶园却并不是一个富足的村庄。全村在册人口113户294口，常住人口只有180人，而精准贫困户就有29户67人。也就是说，在村里的这些人中间，平均每10个人就有3.7个贫困人口。针对这种情况，在经过简短而详尽的考察之后，樊龙出手了，办法只有一个，按照党和政府的扶贫政策，确定"项目拉动，贫困户参与，全社会帮扶"的策略，重点规划发展脱毒马铃薯、规模养殖和光伏发电三个项目。方针既定，樊龙便与村两委分工负责，四面出击。村干部负责协调村民土地流转，重新规划，规模种植，而樊龙则马不停蹄地跑帮扶单位，跑机关企业。很快，所有的项目就都有了着落。第一个，经樊龙联系，沁丰薯业公司为琵琶园村29户贫困户免费提供可种植40亩地的优质薯种780斤，而且到秋季时可一次性统一收购。不仅为贫困户解决了产业问题，而且顺带连销售都承包下来。仅此一项，所有贫困户每户便可增收400元。第二个，还是樊龙这个工作队长出面联系，常源焦化厂帮扶现金10000元，根据琵琶园村与水相邻的特点，帮助村委会购买种鹅种鸭各200只，发展一个可以成规模的鹅鸭养殖场，以此带动集体经济。第三个，将24户贫困户全数加入"四位一体"的带资入企，这样可以使每户每年分红3500元，从整体上摆脱贫困。最后，又对6户贫困户进行了光伏产业帮扶。做完这些，樊龙还不罢休，又联系黄土坡集团为琵琶园村集体注入资金30000元，由村委会组织发展集体经济，为整个村庄的乡村振兴奠定基础。

一番奔波，几经曲折，其中甘苦，旁人难知，几个月下来，樊龙人整个瘦了一圈，黑了一层。还要提一句，这期间因委派到该村的第一书记恰恰有事请了两个月的假，樊龙便工作队长第一书记两项职责一肩挑，可以说基本就是白天外出跑资金跑项目，晚上回村开会谈心解决具体事务。从早到晚，自己把自己安排得没有闲暇之机，就连睡觉也成了奢求。当金秋十月到来的时候，原先破败一片的琵琶园恢复了起本来应有的秀气与漂亮，而这个村的工作队长兼临时第一书记樊龙也变了模样。有朋友和他开玩笑，说："你再回家，老婆都快认不出来了。"樊龙却说："你懂什么，我这是得了神仙秘方，减肥健身不用求人，哈哈!"

6. 一肩两挑的女队长

裴艳萍，2017年时任沁源县环卫中心副主任，在环卫这个岗位上，她的干净利落、风风火火是相当有名气的，她所负责的工作也历来都取得了出色的成绩。或许真是因为这个原因，这年4月，受组织派遣，裴艳萍出任县环卫中心驻韩洪乡上舍村和下务头村的扶贫工作队队长。没错，是两个村的工作队队长。一肩两挑，没有轻重之分，也没有先后之别，要一揽子帮助这两个村庄的贫困户14户23人在2017年年底之前实现脱贫。一个女同志，却要同时担任两个村的扶贫工作的队长，她所面临的将是什么状况? 她能够完成这有点不一般的任务吗?

2017年的5月，裴艳萍刚到韩洪乡党委报道，就听到一个很不舒心的消息，就在年初的时候，上舍村党支部刚刚被评定为"涣散支部"——一个连自身都不能保证成为先进的党支部，怎么能够带领全村群众脱贫致富，怎么能够团结群众振兴乡村呢? 未曾到任，新来的工作队队长就在心中笼罩上了一层厚厚的疑云。急性子的裴艳萍告诉自己，这一次，你可不能急了。耐着性子，先摸清情况再说。

深入群众，找基层党员谈心，几天的接触，裴艳萍了解到，其实上舍村的党员们心里也窝着一口气，原本有历史有名气历来工作不落伍的上舍人尤其是上舍的党支部竟然在我们这一代人手里成为"涣散支部"，这简直是不可接受的耻辱。也正因此，大家心里也都憋上了一股劲，一定要在脱贫战役中打一个翻身仗，把失去的荣誉再找回来。

也是时运赶巧，正好县里号召各基层党组织"以党建促脱贫，以摘帽为号令"，裴艳萍不失时机地召集村党支部开会，研究本村在党建中奋起脱贫的工作部署。全体党员积极响应，人人摩拳擦掌，个个激情迸发，纷纷表示愿意在脱贫攻坚的战斗中贡献一分力量。

人的精神面貌改变了，村的精神面貌也迎来了相应的改变。原本，上舍村就是一个具有深厚文化底蕴的村子，经过一番整顿，新建的乡村文化记忆馆立马就成为周边各村羡慕的典范。村里的街道、家家户户的环境卫生也得到极大的改善。这当然与裴艳萍所在的单位——沁源县环卫中心的支持密切相关，也与裴艳萍从事环卫工作多年的经验密不可分。而事实上，这位女工作队长也确实在工作中事事走在前面，干在实处，成为老百姓的贴心人，带头人。在心气上来的基础上，裴艳萍和驻村第一书记又与村两委开始策划帮助本村贫困户脱贫的具体措施和发展集体经济的长远打算。针对上舍村没有地下资源，村民又历来以农事为生的特点，他们首先确定在上舍还是先抓好农业，抓住土地不放手，要在土地里面种什么上做文章。其次要为本村5户17人的贫困户在年内脱贫找到一条快速路。关于种什么的问题，裴艳萍在村容村貌的整顿中就已经有了自己的发现，发现什么呢？这里老百姓院子里种的茸扫（主要用途在于做扫帚）长得特别好，既高又壮，还耐折腾。有了这个发现，她和县环卫中心主任，也是上舍村脱贫工作的第一责任人郭旭明一合计，反正县环卫中心每年都要购买大批量的扫帚，为什么就不能在质量保证、价格又相对便宜的基础上和上舍村签订一批扫帚购买协议呢？这样一举两得的事情，说来也算不上以权谋"私"吧。而这，对于上舍人来说是壮大集体经济的宝贵提示，也为村集体经济的发展奠定了基础。与此同时，在沁源县委和县政府的大力倡导下，扶贫工作队又与县内大型企业黄土坡集团联系，为上舍村4户15人办理了贷资入企，使这些贫困户每户每年可以凭借分红的形式获得3500元的收入。

在下务头村，裴艳萍遇到的则是另外一种情况。下务头村是个大村，全村200户、700余口人，常住人口也有530人。在城镇化进程加快、农村人口中青壮年大量外出务工的当今，这个村留在农村的人口比例应该说是相当可观了。但是这又蕴含着什么内容呢？经过一段时间的观察，裴艳萍发现，按照农耕时代的标准来说，这里完全可以自给自足，丰饶有余。但这样的好条件也养成了这个村里某些人身上的一种坏毛病。那就是一个字——"懒"。进村第一天，裴艳萍在村支部书记的陪同下去看望贫困户，来到一家，一走进去就被一股子什么腐烂的臭气给熏了出来。仔细看看，院子里乱七八糟什么堆的都有，起码十天半月没有收拾过。走进屋里，更看见炕上的被子都没有叠，一屋子汗臭味。而在另一家，裴艳萍又看到，这家院子里有的是闲余的土地，却没有一寸一分种点儿蔬菜，只有房檐下悬挂着的玉米显示这里的主人是标准的农民。

面对这种情况，作为工作队长，裴艳萍没有嫌弃，而是耐下心来，走进贫困户的家中，坐下来，和他们拉家常，帮他们收拾屋子。一次，她来到一位低保户的家里，二话不说为他洗衣服晾晒被子，把屋子里里外外打扫个干干净净，到这时，再问那位低保户，感觉怎么样？那人激动地说："好啊，收拾干净真好，我也觉得舒服多了。从今后，这家这院子我也一定会勤收拾起来，别让人家再看不起咱。不过，我们可不是从来便这样的。"说着，他又给裴艳萍讲起了自己的过去。这位57岁的低保户，曾经也是风华正茂的青春少年，也曾有过自己的理想与追求，可是，一场疾病，使他成为残疾，腰腿骨折，钉上了不能取下来的钢板。一人一户，对于生活的追求几乎全然丧失。今天，看到扶贫工作队这样关怀体贴，他觉得自己的生活又有了希望，"其实，谁不愿意活得干净一点，卫生一点呢？这个样子，我自己也觉得清爽啊。"正是这样，裴艳萍和扶贫工作队的同志们帮助整个下务头村掀起了大搞公共卫生的高潮，多年不修的河道，破烂不堪的街道，断壁残垣的公厕，全部整修一新，整个村庄的面貌来了一个大改变。以至于有本村人外出几日，回到村里都不敢相信眼前的事实。

在改变精神面貌与村容村貌的基础上，裴艳萍又与村两委班子研究，利用本村成千亩的荒坡土地，将一家专门种植南果梨的公司——沁源县沫航农业有限公司引进到村里来。这样，千亩荒山变成花果山，而南果梨这种由辽东引进的营养价值颇高的水果又必将为下务头村的经济发展带来巨大的长远效益。更重要的是，这家公司的进入，将会为下务头村的山青水绿环境美化带来更好的前景。

7. 贴心书记赵旭丽

赵旭丽，本职工作是沁源县政务大厅办公室主任，2017年5月，受命到脱贫攻坚第一线去担任法中乡支角村第一书记。支角是个大村，全村320户1229口人，而这个村竟然有11个自然村，且每个村里多少都有人住着，这在管理上就是一个明显的难题。村大人多，贫困户也不少，2016年建档立卡的精准贫困户有32户49人，而且应该说，其他那些算不上精准贫困户的人家，大多也不怎么富裕，只是温饱而已。

赵旭丽长期在政务大厅工作，对于本县各地的风俗民情了解甚多，关于法中，关于支角也算有些了解，但是当她走进支角，深入到这里的群众之中，才知道那些所谓的了解只不过是浅涉皮毛。譬如，按说县里各村之间早就村村通油路了，可是在支角，这个"村"字只是单指行政村所在地而已，11个自然村则依然故我只有土路一条，一到下雨天，老百姓出村都很困难，更不要说搞什么运输，把出产在山里的农产品运到外面去了。还有，支角村有25平方公里的广大面积，却没有一点点的基础产业，就连原本擅长的农田经济也因各自为政而丝毫形不成气候。但是，这还不是最可怕的，最可怕的是有些贫困户自觉不自觉地已经失去了对生活的希望。譬如贫困户李永庆，原本是个十分能干的汉子，八年前的一场车祸使他失去了双腿。而膝下一对双胞胎女儿和另外一个小女儿都在上学期间，一家人的生活负担和十几万元的外债全部压在妻子李红玉身上，而那个单薄的女人只能靠打零工来维持全家生计。面对这一切，李永庆心灰意冷，寻短见的想法都有。

赵旭丽三次走访李永庆，李永庆只是出于礼貌打了个招呼，连一句话都没有说。而作为这个村的第一书记，作为肩负这个村脱贫攻坚重任的党的干部，赵旭丽的心里也十分不是滋味。这样一个家庭，这样一个人，怎么才能使其重新振作起来，为明天和希望去努力奋斗呢？都说扶贫先扶志，可是，总得有能让他看得见的东西才能燃起他的希望。赵旭丽苦思冥想，在请示单位领导之后，自己筹钱为李永庆买了4只成年母山羊，让其繁殖发展。当她把这山羊牵到那个简陋却十分干净的小院子时，赵旭丽发现，轮椅上的李永庆眼中闪过一点点久违的笑意，虽然就仅仅是那么一瞬，但已经足以让赵旭丽兴奋半天了。果然，在这之后几天，赵旭丽再到李永庆家的时候，已经沉默很久的李永庆打开了话匣子。他首先是感谢第一书记为他带来了希望。

他说："赵书记啊，你是怎么知道我会养羊的呢？你知道吗，看见这几只羊，我就好像看到了一群羊啊。过去我也不是没有想过在这院子里喂羊，可是咱没有钱，现在这羊可贵着呢。这下好了，这下我有干的了，别看我行动不方便，侍弄这几只羊还是没问题的。等我把新下上的羊羔卖了好还你钱啊。"

一席话，说得赵旭丽眼里止不住热乎乎的，硬是控制住没让泪水流下来。赵旭丽决定趁热打铁，又问李永庆还有什么手艺没有。

李永庆想也不想就说："其实吧，前几年我也不是一点事不想做，你可能不知道，我这个人编笊篱也是一把好手。前几年曾经用我好的时候家里剩下的细铁丝编过几把，也不知人家能不能看上。"说着就指指灶台上挂着的一把笊篱让赵旭丽看。

赵旭丽震惊了，这笊篱竟然完全是依靠手工编织的吗？如果不是有人告知，十有八九会以为那是一把从商店买回来的机器编织的笊篱啊。只是，那笊篱你仔细看去又会发现图案中还有几个字——恭喜发财——若隐若现。

赵旭丽立即行动，趁着回城里开会的空档，给李永庆买回了一大捆细铁丝，然后告诉他："你放心编你的笊篱，销售的事，我已经给你联系好了。"

那当时，李永庆激动得简直不知如何是好，只把大拇指翘起来，一个劲地点头。李永庆说到做到，一个月之后，这位只能爬在炕上坐在轮椅上的汉子，硬是用他那两只灵巧的双手编出了50把样式精美且每一把都编出了特殊花样的笊篱，那编工，丝丝入扣，令人赞叹。赵旭丽则早已和自己单位说好，专门为李永庆的笊篱组织一场单位内部的义卖。结果，仅仅在一天下班后不到一个小时的时间内就把50

把笊篱全部卖完，整个得款4720元。第二天，当赵旭丽把这些钱交给李永庆的时候，李永庆流下了眼泪。他的妻子则不停地招呼赵旭丽喝茶。赵旭丽知道，这家人，已经有几年把茶水都戒了，虽然每天下午和晚上一定要喝茶而且是要喝大叶黑茶是这一带无论贫富家家必遵的规矩和习俗。

为了彻底解决李永庆的贫困问题，赵旭丽接下来又自己掏钱为李永庆买了一部智能手机，教会他如何在网络间销售自己的产品。如今，李永庆不仅可以在网上销售自己的编织品，而且让这些产品走出支角村，走进县城，走进城里的好多日杂店。由于质好价廉，所以他的产品总是供不应求。而李永庆也凭借自己的劳动，实现了稳定的脱贫。

作为第一书记，赵旭丽所帮扶的当然不只是李永庆一家，但老李家的榜样确实给乡亲们以鼓舞，他们相信这位外柔内刚的女书记，也愿意把自己的心里话讲给这位女书记听。

刘连社，49岁的贫困户。他本人有一份护林员的工作，加上打工挣钱，每年都有1万多元的稳定收入，正常情况下日子过得并不错。可是，前几年，妻子一场心脏手术，不仅花光了家底，而且兑上几万元的外债，整个家庭一下子就陷入了紧张状态。原本是应该再为妻子做第二次手术的，可是想想自己的腰包，又不得不一拖再拖。为此，刘连社觉得太对不起妻子，人的精神面貌也变得十分低沉。赵旭丽知道这一情况后，当即找刘连社，要他放下思想包袱，赶紧为妻子做手术。考虑到刘连社一个人忙里忙外有些照顾不过来，赵旭丽还主动为他联系了山西省心血管医院，使得刘连社他们一到太原就可以直接住进医院里去。而在刘连社的妻子住院手术期间，赵旭丽又亲自在省市县三级医疗机构跑上跑下，最终按照沁源县特色制定的普惠救助政策，为其报销了大部分的医药费用。这件事，不仅感动了刘连社一家，也使得全支角村的群众都把赵旭丽这位第一书记当成了邻家大姐、知心干部。

赵旭丽明白，要想真正使全体贫困户走出贫困，要想使整个支角村走向富裕，光有一家一户的帮忙显然是不够的，必须有一种大的具有战略意义的举措。这个举措就是对这里完全依赖农业生产的产业结构进行调整。为此，赵旭丽和村两委班子反复研究，多次外出参观学习，搞明白了一条道理：咱们既然没地下的资源，为什么不在广阔的地面上做文章？本地山上野生中草药很多，说明咱的气候地质都适合于中草药的生长，可做文章，但是，要做就要做好做大，不能再犯过去眉毛胡子一把抓的错误，而要相对有所集中，有所调整，形成产业，这样才能在整个产业链中有一定的发言权。正是这样，从2018年开始，支角村将3000亩荒山种上了连翘，每亩每年收益都在500元以上，仅此一项如果正常年景每年就可为集体经济年增长150万元。参与种植经营的贫困户则全部顺利脱贫。

在大力发展经济的同时，赵旭丽还联系沁源县文旅局等有关单位帮扶村里建起了具有一定规模的农民阅览室，3000多册图书所带来的知识与力量也让村民感受到了现代生活现代文化的气息。在此基础上，赵旭丽又亲自操刀，建立电子阅览室，教会村民在网络空间学习文化、学习科学技术，以此促进各项工作的开展。

从2017年5月到2019年9月，赵旭丽担任支角村第一书记将近两年半时间，这个村的村容村貌、交通状况、基础设施都得到了极大的改善。这期间，修了9座便民桥，22公里机耕路，各个自然村全部通了硬化道路，改良土壤2700亩，还建起了水保林2800亩，村里有了老年人日间照料中心，也有了专门对外的接待中心。正因为如此，当赵旭丽与她的乡亲们告别，将要回到本职工作的岗位上去的时候，淳朴善良的村民们一个个一定要拉住她，请她回自己的家里，哪怕就喝上一碗茶，哪怕就端上一杯酒。他们舍不得这个同样淳朴的第一书记，舍不得这位自己的家里人。面对乡亲们的百般挽留，赵旭丽只能说："大爷大娘们，大哥大姐们，我会回来的，我还要看咱支角村真正实现乡村振兴的那一天。到那时我们大家再一起喝碗庆功酒。"

8. 累垮的铁人韩文宏

韩文宏，1969年出生，17岁上大学，正经八本的山西师范大学本科毕业生，一个山里娃，在20世纪80年代考进大学，那是很不容易的。大学毕业后，韩文宏回到母校沁源一中当教师，后来又兼上了学校的团委书记，再后来，1998年，干脆到团县委当了副书记、书记。再后来，这位学生物的老师先后在两个乡镇干过书记兼乡长。应该说是实打实具备农村工作经验的基层领导干部。

我们之所以要写到韩文宏，是因为在2017沁源脱贫攻坚战役中，这个人所处的位置实在太重要了。现在我们都知道，从2017年10月开始，沁源县为了加快落实脱贫攻坚战役的有序进行，实行了分区作战，从南到北，南中北三个战区各有自己的指挥部，同时彼此又存在着一种互相竞争的关系，这也确实有效地促进了各战区的工作进度。然而，作为一个整体，中共沁源县委县政府在全县的脱贫攻坚工作中那是需要有一个在各战区之间起协调作用的机构的，而面对上一级党委政府在脱贫攻坚战役中的一系列相关工作时，也是必须有一个相对应的机构的。这个机构就是沁源县扶贫开发办公室，简称扶贫办，韩文宏就是这个扶贫办的主任。

2017年4月，韩文宏走马上任，出任沁源县扶贫办主任。一个月后，又兼任沁源县脱贫攻坚领导小组办公室主任。2016年，省里进行了脱贫攻坚回头看，2017年，中央明确提出对贫困户要精准识别，要建档立卡，中央和省一级的扶贫惠民政策也正是在这一年大量推出，这一切无疑对于在扶贫一线工作的各级扶贫办来说都是利好。而且当时沁源县委县政府在2017年年初的时候就做出庄严承诺，提出了当年脱贫的目标任务。也就是说，沁源县扶贫办这时的工作已经是箭在弦上，其时其势，韩文宏上任这个扶贫办主任所面临的就是一场大战。事实也正是如此，韩文宏上任伊始，就于当年4月参与组织了县乡两级和扶贫一线领导干部赴全国脱贫先进典型河南兰考的考察学习。紧接着，他又跑遍了全县254个行政村，与深入到各村的扶贫工作队和驻村第一书记进行了密切的联系，为协调全县的扶贫做了大量默默无闻的工作。

8月20日，新的县委书记到任，而这位书记到任后调研的第一站就是深入到沁源县唯一的整体贫困村官滩乡紫红村。韩文宏跟随县委书记，目睹了这期间所发生的一切，他明白，沁源的脱贫攻坚，将进入一个崭新的阶段。

9月伊始，中共沁源县委下决心像当年打沁源围困战一样来打一场脱贫攻坚的人民战争，打一场只许成功不许失败的攻坚决战。所以才有了南中北三个战区的产生。但是，作为扶贫办来说，韩文宏的工作可不能停留在战区的位置，这时的扶贫办，准确点来说，借用一个军事术语，那就是县委县政府的"参谋部"，而韩文宏就是"参谋处长"。在这一场时间紧任务重的攻坚决战中，韩文宏和扶贫办的同志们从战役开始前的筹备阶段就全力以赴了，他们吃在单位，住在单位，而这个单位是什么条件呢？说出来也许有人不信，然而现实就是那样的，这个办公室就安排在县体育馆一层的6间没有窗户也就没有自然光源的屋子里。这房子的特色，那真叫"道法自然"——冬天，由于没有暖气而冷得要命，夏天，它又因为没有空调而热得要命。你想透透气，连个窗户都没有，而且，这个地方是24小时必须开灯，否则便漆黑一片。所谓吃饭呢？就是方便面和面包了。那个时候，整个扶贫办最费的是什么？是电热水器。有几位年纪大点的同志，包括主任韩文宏、副主任孟勤健等人在内，不敢喝矿泉水，怕胃口受不了，只能自己烧水喝，而吃饭那就更是全仗着它了。在扶贫办同志们的记忆中，那一阶段，几乎隔三岔五就得换一件热水器，后来韩文宏决定，干脆一买买三件，省得老为个它费时间。

正是在这场攻坚战役中，原本体壮如牛的韩文宏身体也亮起了红灯。试想一下，一个以方便面为日常用餐的人，一个每天一早六点以前必须起床，起来就要从县城至少往下面跑两趟的人，一个每天晚上加班不到一两点不能休息的人，他的身体任是钢打铁铸的又如何能保持不出问题？事实是，2017年年底，脱贫攻坚决战最关键的时刻，韩文宏几次三番地感觉到莫名的头痛，心脏痛，就像针刺一样的痛，身体也每每有不听使唤的时候，这种现象是从来没有过的。韩文宏不敢告人，一个人悄悄地去了趟县医院，"走后门"找熟人检查了一下，果不出所料，心脏出问题了，朋友告诉他，赶紧到长治和平医院去看一下。韩文宏瞅个到长治开会的机会顺便去了一趟和平医院，结果是，由于长期高负荷工作，心脏冠状动脉粥样硬化，堵塞程度已到70%，按照医生的要求，这个时候是必须休息，停止工作，静心休养才可以的，如果任其发展下去，堵塞程度达到75%，那就必须做支架手术了。怎么办？韩文宏面临着人生的又一个考验。休息，自己轻松了，可扶贫办这一摊子，正在脱贫攻坚的关键时刻，每一天，自己都要把三大战区的情况做一汇总，每一天，自己都要把这份汇总向县委县政府主要领导汇报，这个工作不是任何人随时就可以接过来的。更何况，现在的形势是一天一个样，每天都有新情况，正像一场大战，两军交战正酣之时，你作为在这场战役中起着上传下达信息中枢作用的"参谋处长"却要从战场上撤下来，这关乎全局，岂能只是你韩文宏一个人的事情？从长治回来的这天晚上，韩文宏对妻子只轻描淡写地说了一句："没什么大事，就是有点累，医生给我开药了，只要吃上药，没问题。"就算搪塞过去了。至于单位的同事，他就连告也没告，而扶贫办那十来个人，人人都是小陀螺，个个忙得团团转，你不说，谁又能算出你身体有问题了呢？

要说韩文宏对自己的身体多少就没放在心上，那也不是，有一件事，一个人的去世就引起了他的格外注意。这个人便是李飞，2017年11月14日因劳累过度而牺牲在脱贫攻坚第一线的赤石桥乡党委书记，在工作中是韩文宏的好同事，生活中是好朋友，在脱贫攻坚的战场上，更是一起奋战的好战友。因为脱贫攻坚，作为县扶贫办主任的韩文宏少不得要经常下乡去和各乡镇的书记乡长打交道，而作为乡镇书记，李飞为了给乡亲们争取更多的政策红利，也少不得要找韩文宏谈谈事。然而，活生生的一个人，在脱贫攻坚最关键最较劲的时候突然就这么走了，不能不让人感伤，哀叹！但是，这种感伤，这种哀叹，只能是短短的一瞬。他不能多想，也没有时间去想，脱贫攻坚的决战就在眼前，三个战区奋战高潮迭起，韩文宏只有工作、工作、工作。

终于，在中共沁源县委县政府的正确领导下，在全县人民群众的共同努力下，当然也是在各级党员干部的带头实干下，沁源作为山西省首批、长治唯一的首批脱贫县，顺利通过了各级有关部门的严格审查，成功脱贫摘帽。沁源县委县政府没有辜负全县人民的希望，兑现了自己庄严的承诺。沁源，在新的历史时期迎来了发展变革的新局面。然而，战斗正未有穷期，2018 年的脱贫工作虽说较之 2017 年的攻坚作战少了一些"硝烟弥漫"的场面，但是，脱贫巩固的重担也更多地更结实地压在了扶贫办的肩上。这一年，韩文宏和他的同事们也同样在那 6 间脱贫攻坚的参谋部作战室里从事着这光明、伟大的事业。然而，在一次例行的常规体检中，医院的检查报告明确指出，韩文宏必须休息！铁人终于累垮了。好在，两年的坚持，韩文宏没有在脱贫攻坚的第一线倒下，而短暂的休整，在他来说，也只不过是一次充血和加油。2019 年 7 月，经韩文宏请求，组织上同意韩文宏暂时从一线撤下来，这也说明组织上对这位铁汉子的身体给予了足够的关怀和重视。笔者为采写这部报告文学而与韩文宏几次交谈，一次我问他："如果再有一次 2017 年那样的会战，那样紧张的工作，你还能冲上去吗？"

韩文宏一拍胸脯："没问题！只要组织一声令下，老韩绝对冲锋在前。扶贫，咱是老将，经验充足，这身体嘛，你看不是也恢复得像牛一样壮实了？"

是的，真的勇士，"没问题！"

在沁源脱贫攻坚的决定性战役中，县委县政府的决策方略能够得以贯彻执行，党的方针政策能够普遍贯彻下去，全县共产党员、人民群众能够把脱贫攻坚当作当年沁源围困战一样来全力以赴，还有一个最重要的因素就是沁源人民传统的精神风貌，沁源人民融化在血液中的那么一种坚定不移听共产党的话、跟共产党走的优良传统始终在起着关键的作用。这也是沁源之所以为沁源的重要特色之一。

我们知道，在当年的围困战中，沁源人民听从党的号令，全民皆兵，全民抗战，不仅是共产党员、民兵积极分子，就连地主老财、抽大烟的也都积极投身于那场救亡自救的战斗中去。沁源人民以自己的血肉、自己的灵魂铸就了不可战胜的铁壁铜墙，构成了人民战争的汪洋大海并最终取得了那场战争的胜利。所以，毛泽东同志才会深情地赞誉"英雄的沁源，英雄的人民"。

同样，在今天的脱贫攻坚战役中，中共沁源县委和沁源人民的关系也正如同当年一样，人民群众把党的方针政策融化在自己的行动之中，他们同样用围困战精神在脱贫攻坚战役中做出了最重要的贡献。可以说，没有人民群众的参与，我们将一事无成，没有人民群众的拥护和爱戴，我们将一事无成。这里，就让我们同样在这场战役中那汹涌澎湃的浪涛中摘取几朵浪花，以此来感受一下那大海的波澜壮阔。

最美残疾人——王英杰

王英杰，沁源县交口乡官军村人，1976年出生的他，由于先天性脊柱裂而自幼下肢残疾，不能站立。要说王英杰是标准的极端贫困户，相信没有任何人会提出异议。事实上，王英杰也确实是最早被精准定义的贫困户。按照现时的标准，在国家各项优抚政策的关照下，类似王英杰这样的贫困户什么事也无须再做，日子还是过得下去的。

然而，王英杰不一般。出生并成长于官军这个闻名中外的抗日模范村，从小耳濡目染，他一直以自己是这个英雄辈出的村庄中的一员而自豪。身体有残疾，意志不能残疾，王英杰足不出户，却完全靠自学拥有了中专以上的同等学力。不仅如此，王英杰完全靠看书，看电视，练就了一手精湛的烫画葫芦绝技。这中间，王英杰吃了多少苦头无人知道，20 年来，光烫坏的葫芦就可以堆满那个不大的院子。为了将自己的技艺练到纯熟，那些年，王英杰让家人帮他在院子里种葫芦，种到没空地儿，而每一次的创作对于他来说都是"欢乐的煎熬"。如今，当人们走进官军村，大多都会去看看这里两个最亮眼的看点。一个是抗日模范村的英雄纪念碑亭，再一个便是王英杰的烫画葫芦工作室。这里，你可以见到饱含着传统文化韵味的"福""禄""寿""喜"吉祥系列，也可以看到金鱼、猛虎、牡丹、鸳鸯等栩栩如生的动物系列，还可以欣赏到"西游记""八骏图""抗金兵"等等故事系列。当然，如果您有兴趣，也可以"命题作文"，让王英杰现场为您创作一幅葫芦烫画。

正是王英杰，在 2017 年脱贫攻坚战役中，率先提出"靠劳动脱贫，绝不拖后腿"的口号，完全依靠自己的劳动摆脱了贫困。2018 年 4 月，王英杰被评选为沁源县"首届感动沁源十大人物"，2018 年 10 月，王英杰参加了长治市首届技能大赛，获得技能展示银奖，同年 12 月，参加山西省第 6 届残疾人技能大赛，受到省领导的高度赞誉。2018 年 10 月 16 日，《人民日报》以《烫画葫芦助脱贫》为题，专题报道了王英杰。王英杰的事迹和他的烫画葫芦艺术还被《北京日报》《山西日报》《陕西日报》以及人民网、新华网等媒体报道。而在专业的领域之内，王英杰更成为长治市屈指可数的非物质文化遗产保护项目传承人。王英杰，一个现代的我们身旁的励志者，无愧于时代给予的各种符号。

最佳逐梦人——李娟

李娟，景风乡汝家庄村建档立卡的贫困户之一。25岁的李娟在小时候是一名品学兼优的好学生，也是家庭的宠儿。11岁那年，也不知从哪一天开始，这个聪明伶俐的小女孩经常不自觉地走路摔跤，即使正常走路也有点瘸。原来，从她出生那天，一个隐身的魔鬼——先天性脊柱炎（脊柱位置长有一个肉包）就已经在伴随着她，注定了会在李娟人生的某一天为她带来厄运。症状显了，越来越严重。家人领上李娟四处奔走，寻医问药，上过北京，下过郑州，但李娟的病情越发严重，腰部以下完全失去知觉，大小便失禁，无奈之下，家人不得不为爱书如命的女儿选择了退学。又是一个11年过去了，李娟儿时的玩伴们一个个远走高飞，有的进了"985""211"的象牙塔，有的成家立业有了自己的爱人娇儿，可她们当中曾经的那个最优秀者却不得不深居简出，躲在一间小房子里靠年迈的父母养活。多愁善感的李娟，唯一习惯的事情便是仰天长叹，以泪洗面。

2017年4月，沁源县脱贫攻坚战役即将开始的前夜，县委派驻汝家庄村的第一书记宋罡前去报到。在对贫困户的挨个走访中，宋罡看到这个比自己的女儿大不了几岁的女孩儿竟有如此苦难的经历，止不住心如刀绞。是的，像这个年纪的女孩儿，正值人生逐梦的美好时期，却不得不坐在轮椅上虚度自己的人生，这是一种何等的煎熬？看着李娟，宋罡久久之后才问了一句："你喜欢读书吗？"

"喜欢，可是，我们家这情况，因为我——"李娟停顿一下才说："家里有的几本书早已被我翻烂了。"

宋罢无言，他实在想不出什么可以安慰女孩的言辞。周末，趁着回县里开会的空档，宋罢回到家里，把李娟的遭遇讲给自己的女儿听。然后问女儿："像你们这个年纪，喜欢读什么书？"

女儿立刻理解了爸爸的心思，马上接道："爸，这件事你甭操心了，给这个姐姐买书的事情您交给我。"

女儿说到做到，当天晚上就在网上为李娟订购了一堆青春励志和人物传记类的书籍。诸如《钢铁是怎样炼成的》《假如给我三天光明》《杨绛传》等。宋罢很满意女儿的眼光，自己又上街去买来一批笔记本之类的文具。几天之后，书籍全部到位，宋罢在第一时间把它们送到李娟的手上。看着轮椅上的女孩那种渴望知识的眼睛，宋罢的眼睛再次湿润，也稍微有了一点点的安慰。当天晚上，宋罢把这件事讲给同样驻在这里的扶贫工作队队长县委组织部副部长刘保国听，刘保国了解李娟的情况后，觉得有必要为这个女孩做更多的事情，于是，他拿起了电话，联系同样是从景凤的山沟沟里走出来的沁源乡土作家杨栋，希望他能为这位小老乡做一些事情，给她一点儿鼓励。接着，又联系县图书馆馆长闫金萍女士，看能不能为这个女孩办一张特殊的借书证。杨栋和闫金萍毫不迟疑地答应了，并在几天之后便相约一起到汝家庄来看望了李娟，为女孩带来了共同捐赠的价值1000元以上的图书。杨栋先生还在自己出版的书上为李娟签名题字，希望她能够借图书以腾飞。在接下来的谈话中，杨栋更是把自己从一个放牛娃成长为作家的个人经历讲给李娟，而闫金萍则现场为李娟办了特别"阅览证"，承诺定期为女孩儿上门更新图书。这一夜，激起了李娟对生活的新希望，她立志做一个对社会有用，对自己有追求的新人。

等到杨栋和闫金萍走后，刘保国又和李娟谈心，鼓励她按照自己的愿望，把自己的内心话写出来，并希望她可先向县内的自办刊物投稿。李娟没有辜负所有关心她帮助她的人们，很快，她就写出了自己第一篇作品《青春少女的七彩梦》，讲述七个女孩、七种命运、七道轨迹、七色梦想。作为处女作，这篇作品尽管有些青涩与稚嫩，但是其想象的丰富，情感的奔放还是实实在在地打动了看到这篇作品的人们。由沁源县文联主办的文学刊物《山丹丹》在2017年秋季号发表了这篇作品。当李娟看到自己变成印刷品的作品，看到虽然微薄却足以显示它特定意义的稿酬时，这个轮椅上的女孩在她略带娇羞的脸上绽放出浅浅的笑意。

人们常说，扶贫重在扶志，谁能说轮椅上不能站立起又一个张海迪呢？

传奇复传奇——四凤凰

凤凰是我们中华民族最美的传说之一。凤凰原本是雌雄有别的，但在历史的长河中早已逐渐演化为纯母性的王者。凤凰者，杰出女性也。我们这里所说的四凤凰，正是出现在现实生活中令人神往、令人喜爱的四位女性。

四凤凰有谁？白凤凰周国庆、黑凤凰马小月、景凤凰段建娥与东北凤凰关艳红。

我们先从白凤凰说起。之所以被誉为"白凤凰"，是因为周国庆当真白得出众，也因为她来自遥远的云南大理，而且是一位地道的白族美女。周国庆之所以嫁到沁源，嫁到深山老林中的景凤来，是因为2005年在平遥打工时认识了景凤小伙儿杨宝庆。杨宝庆为人诚实义气，做事精干利索，乐于助人，长得也帅气。两人在一起工作，一来二去产生了感情。后来，杨宝庆因为父母有病，家庭困难，为了照顾年老有病的双亲而不得不回到家乡，周国庆毫不犹豫就跟着男友来到景凤，成为一个地地道道的景凤媳妇。对于云南，沁源老话叫"万里云南"，形容其远，而周国庆又是白族姑娘，初到沁源，吃不惯，住也不惯，家中那是标准的"贫困户"，事实上2016年的时候，他们的家庭也确实被评为"贫困户"。但是，艰难的日子没有难倒真诚的爱情，周国庆不仅在新的环境中挺了下来，而且凭借自己一双巧手，一腔热情，被当地最著名的四星级社科农家庄园聘为管理员，而她在做好管理工作的同时，还可以到厨房为客人们炒一手颇具特色的云南白族菜，以此成为这家具有接待外宾能力的"农家庄园"一个令人羡慕的特色。而闲暇之余，周国庆从来都是用最快的速度赶回家里，去帮助公婆照顾家中的里里外外。现在，周国庆自己在庄园每月可以拿到2000多元的收入，爱人杨宝庆更是因为有技术，有能力而成为沁源县大型企业黄土坡集团的一名技术工人，每月可以挣到5000元以上的工资。一家人过上了其乐融融的好日子。贫困，早已被他们甩到九霄云外。

黑凤凰马小月确实是黑，尤其和白凤凰相比更是如此。但这个有着黑里透红的皮肤的女人更有着一颗火热的心。我们说白凤凰来自云南，够远的了，而黑凤凰那就更远，她来自缅甸。几乎是和白凤凰的"遭遇"相同，马小月与丈夫高保红的相遇相识也是因为同在一起打工。只不过他们打工的地点是在白凤凰的家乡云南。早在2007年的时候，马小月就为着爱情的牵引，跟随自己的心上人回到山清水秀的沁源景凤村，成为这个山村里唯一的稀罕人——一个外国女人。这些年来，夫妻俩带着三个孩子，生活一直相当紧迫，但是马小月却毫无怨言。而事实上，马小月在这异国他乡的十多年，所遇到的艰难何止一二？不说别的，在缅甸，吃的见的全是白米饭，而在沁源，在景凤，这玩意儿充其量只能是偶尔吃一顿。何况除了她自己，家里也再没有人喜欢白米饭。可马小月就甘愿牺牲自己，为着家中的公公婆婆，为着自己心爱的人，她勤学苦练居然炒得一手绝对可以拿出去待客的沁源菜。应该说，马小月和自己的丈夫已经既精打细算又吃苦耐劳了，可是因为家中底子太薄，负担又有点重，尤其是当三个孩子挨个儿上学之后，夫妻俩的日子就越显紧巴了。正因如此，2016 年，马小月一家成为建档立卡的贫困户。

但是，勤劳且聪明的马小月却并不甘心于贫困，她在拼命地为这个家庭的脱贫而奋斗着，一段时期，简直是有什么活干什么活，夫妻俩因为离不开村子，就在村里乡里为人打零工，经常从早忙到晚，但也未见有什么大的改观。

这种情况一直持续到 2017 年，马小月的情况被下乡走访的县委书记金所军了解到了，县委书记很为这对夫妻的异国婚姻和他们为摆脱贫困所做的努力所感动，亲自来到景凤，来到马小月的家里，与她的一家建立了"手拉手"结对帮扶关系，捐资 3000 元用于孩子们的学业，嘱咐他们好好读书。同时，金所军了解到，马小月与高宝红结婚 10 多年，却因为是异国婚姻一直没有把户口迁来，而是需要每半年就到几百里之外的长治市公安局去办理一次签证。与此相牵连的是，他们的三个孩子也因此至今没有户口。这一切，当然也是这个家庭难以脱贫的原因之一。要帮助这对夫妻真正脱贫，就要拿出真正能够帮助他们的行动，在县委书记的亲自关怀下，很快，这对异国夫妻正式办理了结婚证，三个孩子也正式上了户口。马小月家的房子在县乡村三级政府的帮扶下也得到了改造。现在，高保红用扶贫贷款养了牛，还被聘为村里的护林员，马小月也因为流利的汉语和缅甸语而被公安部门聘为编外翻译，于是，人们时不时会看到有长治或县里公安的车子来到这深山里接上马小月去做现场翻译。马小月也因为尽责尽力而屡次获得公安部门的表扬。

2017年，马小月一家实现脱贫。现在，他们一家每年至少有22000元的收入，但是，马小月并不满足。这些年来景凤的变化，自家的变化，还有沁源的青山绿水，花海林涛，让她对这第二故乡有了无限的情感，也有了新的想法。她的计划是，回一趟已经有4年没有回去的缅甸，把自己的母亲接过来住几天，让她也享受一下女儿在中国的幸福生活。同时，还要考察一下缅甸的特色产业，把它们带回沁源，带回景凤，为景凤的文化旅游大发展做出自己应有的贡献。当然了，如果有可能，她还计划尽可能快地开办一家具有中缅双重特色的农家乐，相信，会有更多的人对此感兴趣。

说完白凤凰与黑凤凰，再来看一下东北凤凰关艳红。

关艳红，黑龙江省五常市人。关于五常，人们知道更多的应当是五常大米，其特色乃颗粒饱满，质地坚硬，做出饭来油光发亮，香味扑鼻，芳香可口。关于关艳红，她的恋爱和婚姻相比较白凤凰和黑凤凰要稍微少一点曲折，却也够得上传奇。她和丈夫姚建宝同样认识于打工时期，而且也同样是因为喜欢丈夫的人品才跟他回到穷乡僻壤的景凤，而关艳红之所以称为凤凰，则与她本人喜欢养花有关。在她的院子里，举目所见，起码有20种以上的花。每一种花都会在应该开放的时候开得鲜艳夺目。这也使这位东北女人成为花中的凤凰。结婚已经18年，东北姑娘早已成为沁源婆姨，只是在说话的时候偶尔还会带出那么些东北人的硬朗与豪爽。在日常生活中，关艳红也足够敢作敢为，从来不为困难所吓倒。由于婆婆多病，兑上了不少外债，关艳红一家同样在2016年的时候成为建档立卡的贫困户。对于这一点，有的人是躺在那张卡上等帮扶等救助，等着要钱，关艳红却不甘心。从建档的第一天起，这个女人就开始为摘掉这顶贫困的帽子而努力。当时沁源县委县政府提出"绿色立县"，发展文化旅游的建县方略，见多识广的关艳红不失时机抓住这个机会就开始做与旅游相关的事情。她请人收拾好自己临街的房子，准备了可以让客人们一尝新鲜的东北饭菜，计划办一家独具特色的旅游小饭店。而在饭店正式开张之前，仅仅一个盛夏景凤旅游帐篷节，关艳红的特色饭菜就让她赚了几千元。现在，就连她有病的婆婆也忙着把院里闲置的一点点土地开发出来，计划在来年多种点辣椒，为媳妇的饭店帮帮忙。

四凤凰中，唯一的本地凤凰名叫段建娥，她也是"四凤凰"中的老大姐，更是唯一被誉为"长治好人"的名人。段建娥49岁，在四凤凰中年龄最大，再早的时候，段建娥只是人好能干，真正让她"出名"的则是一段令人动容、令人叹息的"捐肾救夫"的往事。2013年冬，段建娥的丈夫姚占胜患上了尿毒症，这病需要换肾，花钱多少不要说，配型就是大麻烦。听到这个消息，姚占胜的大哥首先自告奋勇去配型，不合，接着又有一些亲戚去配型，还是不合。要知道，即使是血缘相同的兄弟姐妹可以配型，成功的概率也是很低很低的，遑论其他人。但是，眼看着自己的亲人，这个家庭的顶梁柱就要垮塌，段建娥决定自己去做配型。老实说，医院一开始也就是试试而已，并不抱有多大希望，然而，这一试还真的成功了。然而，丈夫已经重病，妻子再去摘掉一颗肾，这个决定，谁人好做？尤其段建娥的娘家人，谁也不肯签字，段建娥对他们百般劝说，最终才算达成一致。2014年春，一个阳光明媚的日子，段建娥把自己的大儿子叫到身边，拿出一个记满了名字和数字的本本，告诉儿子：万一手术失败，这上边全是帮助了咱家的恩人的名字。这钱如果我们还不上了，还钱的任务就交给你了。这场景，看得在场的医生护士和亲人们无不垂泪。段建娥却说："儿子，这是做人的根本，不许哭。"

手术成功！段建娥坚强的意志和强壮的身体帮助自己和丈夫战胜了病魔，一家人再次看到了生活的希望。然而，看病也使他们兑上了一屁股债务，而段建娥又岂能把这笔债务留给儿子！

她和丈夫开始拼命劳动，付出更多的汗水去还乡亲们的人情。可是，丈夫大病初愈，自己的身子也不是一下子就可以好起来的。尽管他们很努力，但是，那顶贫困的帽子还是牢牢地压在了头上。2017年，段建娥捐肾救夫的事迹也开始传扬出去，并被评选为"长治好人"。县里面派来的脱贫工作队和景凤乡党委政府对段建娥一家给予无微不至的关怀和帮助，丈夫姚占胜开上了农用车跑起了运输，而段建娥也在村里办起了自己的"建娥小卖部"，凭着信誉，买卖做得也不错。更可喜的是，他们的大儿子参军到了西藏，成为人民解放军的一员，而他们的女儿姚晓妮也带领全校只有17名女生的景凤小学女子篮球队，在2018年沁源县中小学生篮球赛中打出了超乎想象的成绩。由于全县只有她们一支女篮队伍，大赛组委会不得不将她们和沁源县实验小学等篮球名校的男队编在一组打比赛。结果，这支只有7名队员的山村小学女篮硬是将多支男篮打得落花流水，最终获得全县小学生篮球赛第4名。2018年6月，姚晓妮和她的小伙伴们代表沁源县参加长治市U12篮球联赛，由于景凤小学代表队7名队员中只有4

人符合U12年龄要求，没办法，只好从低年级又选了两人，6个人从头打到尾，这支穿布鞋，没有统一球衣的队伍硬生生打败了那些大城市里武装到牙齿的代表队，获得大赛的第二名。要知道，除她们以外，参赛队伍没有一支不是12人全员的。成绩放在那里，没有人再敢侧目这不起眼的半支队了，于是景凤小学女篮又作为长治市的代表，参加了2018年中国小篮球联赛（山西赛区）总决赛，只有7个人的她们在强手如林的省一级赛场上取得了总决赛第4名的好成绩。练习篮球只有一年的姚晓妮凭着跑不死的精神和精湛的球技成为这支队伍的核心。姚晓妮和同伴的表现被同样带队参赛的传统名校太原市进山中学篮球队主教练王改焕老师看在眼里，记在心上，赛事结束，王教练找到姚晓妮，问她想不想到更高一层的球队打篮球，这个敢于吃苦、从不畏惧的女孩想也不想，斩钉截铁就回答："想！"

于是，两个月之后，姚晓妮和她的另外两个同伴被特招进了山西省篮球特色名校进山中学。而这个特招对于这些山里孩子的家庭来说有一点是颇有吸引力的：在校期间，孩子的食宿和学杂费等一应开支全免。姚晓妮的篮球梦开始了一个新的阶段。而在姚晓妮身上，能不说是"景凤凰"段建娥的血脉在延续吗？

养猪致富者——李建强

严冬时节，走在官滩乡党委书记郭晓立领我去见李建强的路上，我一直以为这位党委书记是不是走错了路。按说不该，在我的印象中，晓立人虽年轻却办事牢靠，怎么着也不会找不到自己治下的地方。可是，眼前所见的景象却完全不像是要到一个养猪场去，而更像是在逛一座天然的森林公园：确实的，在官滩乡活凤这道沟里面，举目所见的是墨绿的油松，整洁的河道与看得见冰层下面悠悠水草的河沟，间或还有一两只肥胖的野兔或几只美丽的山鸡从人们的眼前掠过。进入沟口大约四五百米，前面确实是能够看到几栋房屋了，但这样一个地方，怎么会是一个养猪场的所在呢？在我的印象中，养猪场，那至少应该是与脏和臭挂钩的，不说污水横流，起码是臭气熏熏。而这里，似乎与这两样都不怎么沾边。然而，这几栋房屋的所在还真的就是一个养猪场。猪场的主人名叫李建强，一米七四五的样子，不胖不瘦，但挺结实，一口地道的沁源后川方言，如假包换的本地农民。

李建强的猪场不算太大，两排猪舍，其中一排是种猪的天下，12头母猪，一头公猪，一个个膘肥体壮，公猪的体重据说四五百斤，母猪也有300斤以上。俗话说母壮儿肥，看到这强壮的父本与母本，你已经可以想象它们的儿孙是多么的具有先天优势了。在另一边，是即将出栏的200斤左右的生猪，它们都是至少长了9个月到10个月的仔猪。这同样使我感到惊讶。因为关于现代养殖业尤其是家畜的养殖，本人还是多少知道一些内幕或其实已经是公开的秘密的。那就是，现在的规模化养猪，一般都是以添加了种种添加剂的饲料喂养的，所以，猪的出栏期限也就大大缩短，据说好多都是喂养四五个月就可以出栏的。老实说，现当今，像李建强这样要喂养9个月到10个月的生猪，确实少见。为什么要这么长时间？原因也很简单，李建强的养猪场所用的饲料竟然是以玉米和谷物为主，为使生猪健康而使用的一点添加剂也十分有限。我问李建强，你这样不是成本太高了吗？现在养猪本已不易，何不像别人一样随大流呢？李建强说："别人咱管不了，我养猪嘛，要对得起自己的良心。你知道，今年这猪肉好行情，就我这样一年下来也可以收入四五十万的，还要怎样？人不能太贪心。要不是现在扶贫政策好，咱哪来的本钱办这么大的营生啊？"

李建强所言不虚。郭晓立告诉我，李建强夫妻俩加上3个孩子，5口人只有10来亩地，原先完全靠种地为生，日子过得十分紧巴，2015年，妻子得了脑梗，更是一下子把李建强的家底折腾了个精光，所以在2016的时候成为建档立卡的精准贫困户。但是，李建强人穷志不短，琢磨着想干点事情。当时郭晓立和他聊："拣你会干的干点什么事啊。"

李建强说："要干，我就养猪吧。以前我就养着三四头猪，在这方面还是有些经验的。只是咱没有资金，想扩大规模也只能是想想。"

郭晓立当下就答应帮助他解决资金问题，很快，在乡村两级领导的帮助下，李建强得到了政府为扶贫而设立的5万元无息贷款。李建强二话不说，不到一个月就将一座崭新的规模化养猪场建了起来。几年下来，已经成为每年可出栏150头生猪的养猪场。而且，李建强的所有猪仔都是自己猪场自产，再加上他所用的饲料也以自家和乡亲们地里生产的玉米和杂粮为主，这就节省了很多成本。而这里所生产出来的猪肉也达到了真正的绿色环保标准，绝对的食中上品。

需要说明的是，现在，李建强的养猪场年收入已经到了50万元以上，规模也到了再扩大的时机，可他的劳动力，从种地养猪到饲料加工，甚至清洁卫生，全部加起来也就李建强自己和大病初愈只能当半个人使用的妻子。按说，像他这样的状况，雇佣几个人应该不是什么问题，可是当我问起这位敦实汉子是否有此打算时，李建强腼腆地笑了："这点活，我们俩没问题。咱人穷惯了，就怕没钱，不怕干活。不能刚有几个钱就臭抖擞。至于以后，真要再扩大几百头的规模，那就再说。"

勤劳致富者——郑好英

还是在官滩乡，距离李建强的养猪场5公里以外的红源村，是沁源脱贫攻坚战役以来很有些名气的好乐草莓庄园所在地。关于好乐草莓庄园，关于这个庄园的主人，我们暂且不说，只说一对在这庄园里扎实打拼、勤劳致富的劳动模范好夫妻。

这夫妻俩，丈夫名叫郭子云，妻子大名郑好英，都是60多岁的人了。之所以妻子叫大名，是因为在这个家庭里面，基本上都是女人说了算。而事实也证明这个女人当得了家，做得了主。尤其这些年来，但凡郑好英看中了的事情，还真没个差。郑好英一家5口，前些年因为人多孩子们又正在上学，家里景况很差，是村里出了名的贫困户。沁源县脱贫攻坚战役以来，乡村两级在郑好英所在的村子引进投资，建设起了好乐草莓庄园。庄园需要大量的劳动力，郑好英就拉上丈夫一起报了名。人家一看，这两口子都是实在能干活的就都录用了。郑好英也实实在在把心投在工作上，每天早出晚归，兢兢业业，每一项活都干得又快又好，因此她拿的工资也一直较高，而她的丈夫更是把卖力气的脏活累活抢着干，这夫妻俩，简直就是人见人夸的一对劳动模范。劳模自有劳模的收获，几年下来，郑好英家由原先红源村最西边冬冷夏热的土坯房换成了自家新建在公路边上的小楼房。家里装上了地暖，洗澡用上了热水，灶台做饭是天然气，整个儿一派现代化。不仅如此，他们的两个儿子一个女儿也都成家立业，老两口还帮他们在城里买了房子。就连郑好英两口子出行工具都由原先的自行车改为一辆崭新的新能源汽车。而这一切，都来自他们在草莓庄园的辛勤劳动，来自每年3万到4万元的务工收入以及闲暇之余在自家院子里经营瓜果蔬菜的"外来之财"。劳动使这一家人过上了像城里人一样的好日子。

第四章
部门、企业与榜样

脱贫攻坚是总体战，它不是哪一个部门的特殊任务，也不是哪一个人的单独使命。脱贫攻坚是党对全国人民的庄严承诺，是历史赋予我们这一代共产党人的光荣使命。

对于沁源一县的脱贫攻坚来说，这就是一次战役，在历史的交汇点上其意义不亚于当年沁源围困战。在这样的一场伟大战役中，党和人民是必须连在一起的，党的干部和群众是必须连在一起的，党和政府的各个部门之间也是必须有机地结合在一起的。正因为这样做了，所以，沁源的脱贫攻坚才能在预期的时间内完成。历史再一次证明，只要我们党和政府的决心意志与人民的利益是紧密地联系在一起的，那么，我们就终将克服任何困难，战胜任何敌人，取得最后的胜利。

当我们感叹沁源脱贫攻坚战役的胜利来之不易的时候，我们有必要回顾一下沁源县各级党委、政府以及各部门之间团结奋战、同舟共济的战斗历程。

1. 美丽桑凹的记忆

桑凹，位于沁源县法中乡东北部，由八个自然村组成。全村179户454口人，其中建档立卡的贫困户20户39人。要说，即使在以山青水碧天蓝树绿空气清新而著称的沁源，桑凹村的自然环境也算得上是上好的。尤其村前那一条四季长流的小河，河里穿梭自如的鱼虾，更使人流连忘返，止不住感叹一声：桃花源看来真有！

然而，优美的自然环境并没有带给桑凹人民更好的生活。村里常住人口不足300却分散在8个自然村里，村与村之间交通极为不便，而整个村庄因大山阻隔，与外界的联系更是少之又少。

当然，党和政府不会忘记桑凹人民，时代前进的车轮也不会抛下桑凹村。早在2013年，中共沁源县委县政府就把扶助桑凹人民脱贫致富的重任交给了沁源县治超办。从那时起直到今天，沁源县治超办几任几茬的扶贫队员将心血与汗水洒在了桑凹的绿水青山之中，凝聚在桑凹的一草一木之间，他们与桑凹人民同甘苦共奋斗，终于迎来了桑凹走出贫穷的那一天。

2013年，秋日的一天，沁源县治超办扶贫工作队进驻桑凹村。进村的路程并不远，桑凹距离县城只有25公里，这点路程乘车走，不要说什么高速公路，即使一般的县乡公路，20分钟还是能够到达的，可是到了这里，硬是让工作队走了一个半小时。自从出了法中乡政府所在地法中村，车子一拐进通往桑凹的泥土小路，就开始了它的颠簸之旅。坑坑洼洼、高低不平的泥土间石子路上，时不时总有障碍物出现。而刚走了一段这样的路，人们也刚对这路发完牢骚，马上就后悔说刚才那路其实还不错，因为，他们的面前是一条弯曲的河流，而道路就在河流的中间。车子的底盘开始不断地与河流中凹凸不平的石头亲密接触，一不小心就会将坐在座上的人们抛向车顶。后来他们才知道，这条河叫作青龙河，正常情况下，它是沁河的支流，一旦发起洪水，能将山上的"滚木巨石"一股脑推个三二十里。

一路颠簸行，三跨青龙河，工作队员们的笑声没有了，每个人都在想一个问题：这地方，不修路怎行？而他们进村以后所了解到的情况也确实让人担忧：村民不是不勤劳，不是不想富，村里有的是多余的粮食，优质的小米，真正的土鸡蛋，但是，这路，让外面的人进不来，村里的人出不去，不说别的，就连村里有人生了病想到城里看，都只能跑遍全村抓几个年轻人抬着出去。都说"要想富、先修路"，"就让我们把送给桑凹人民的第一份礼物定为一条现代化的道路吧。"时任沁源县治超办主任，也是驻桑凹扶贫工作队队长田沁国说出了全体工作队同志的心声，实际上这也是整个桑凹村村民的期盼。

修路！就从进村那一天起，桑凹驻村工作队就开始分出一部分人力专门从事这项大事。找政府相关部门协调解决资金、占地、工程设计等问题（土石方工程则基本由本村自己人工解决）。工作队的良苦用心得到了村民和村两委的大力支持，好多村民可以说在施工过程中倾尽全力，根本不谈报酬或只要很少的劳务费用，这也为工程的进展节省了相当一部分费用。当工作队和驻村第一书记对大家的精神予以赞扬时，村民们却说："这是给咱自己修路呢，我们感谢扶贫工作队还来不及，怎么能让你们再感谢我们？"

从2014年到2016年，连续3年，扶贫工作队积极奔走，筹措资金，在县乡两级政府的大力支持和全体村民的共同努力下，桑凹通往外界的道路一米一米地逐渐延伸：2014年，500米柏油路建成；2015年，700米柏油路顺利延伸；2016年，县乡两级扶贫力度加大，剩下的3800米柏油路彻底贯通。村民们看着新修的宽敞柏油路，一个个高兴得合不拢嘴。是啊，多少年来封闭半封闭的村庄，就要实现和外界的无障碍联系了，村里优质的小米、土鸡蛋还有小杂粮就要走出山沟，走进市场，为山里人换来真金白银了，他们能不高兴，能不激动？

修路只是沁源县治超办在桑凹村扶贫的重要工作之一，大约也是因为封闭，在工作队进驻之前，这个村的集体经济基本为零，就连村级组织的办公活动场所也可以说是难以言状。因为，那就是有个牌子，看是有两间房子，但这房子走风漏气，冬不暖夏不凉，基本没有人在里面办过公。田沁国记得，刚来桑凹那一天，当村干部把工作队领到村办公室歇脚的时候，他简直不敢相信，这四处透明的房子，连一把可以坐稳当的椅子都没有的空间就是他们即将开始工作的场所兼宿舍。也就在这个时候，田沁国从心里更加掂量出了这个驻村工作队的分量，他不仅想到了村级组织活动场所的改善，还想到整个村庄依托于那美不胜收的山山水水所应该具有的田园风光，想到桃花源里的现代生活，想到村民学文化学科技的农民夜校等等等等。想到了就做，这几年，田沁国他们先后为桑瓦村筹集16万元资金来改造这个村的村容村貌，包括村级组织办公活动场所。现在，你一进入桑凹村，就可以看见开阔的广场旁矗立着一栋不大却非常实用、非常干净整洁的乳白色二层小楼，这小楼里面是干干净净的沙发和桌椅，而小楼的外面是一个标准的篮球场和一块安装有多达10来样的正规品牌运动器械的场地。至于村子的环境，它可以和任何城市的公园相媲美。

扶贫，当然不只是改造环境修条路这么简单（事实上已经很不简单），更重要的事情当然是调整产业结构，增加经济收入。

前面我们说过，在桑凹，有着最好的小米，最好的鸡蛋，在过去，这些只是走不出去而已，今天，道路修通了，但并不等于一切就会自然而来，人家买你的小米，看你的鸡蛋，和你一家一户的砍价，往往使拙嘴笨舌的山里人吃亏。为了改变这种情况，驻村扶贫工作队协助村两委召开村民大会，协商成立有利于农民自己的组织。这一来就弄了两个组织，一个叫作沁源县新玉种植专业合作社，全村所有贫困户全部加入合作社，专门生产优质小米和玉米。为了打出桑凹农业的招牌，走出一家一户的小农模式，工作队专门求人为合作社免费制作了销售小米专用的包装袋2000多个，包装袋上印有一应相关信息，也使得小米看上去骤然提高了一个档次，价钱翻了一倍，无论在网络还是在实体店都成了极受欢迎的畅销货。另一个叫作香山苑农业开发有限公司，规模构想都远较合作社更为宏大，公司起手就集资132万元，这在桑凹人来说简直就是开天辟地的一桩大事。但它的脚跟却牢牢地踩在桑凹的土地上，干什么呢？就是集小杂粮种植，野生连翘、黄芪等中草药的采摘，还有黑山羊、土鸡、鸭子的养殖销售和美丽乡村的旅游开发为一体，通过农家乐、实景游戏等活动来带动整体文化旅游和农业生产的全面发展。这个项目的优点是，不仅那些能跑能跳能动的人们可以谋求更大的发展，就连一些老弱病残也通过入股分红解决了他们的经济收入问题。如今的桑凹，毫无疑问已经是一派社会主义新农村的欣欣向荣的景象，而它的未来，也必将随着整体乡村振兴的持续发展而更加美好。

2. 穷在深山有远亲

"穷居闹市无人问，富在深山有远亲"，这是一句不知流传了多少年的俗语。其反映的人间现实，从来都不曾有人质疑，因为生活真的就是那么无情。然而，千年的铁树能开花，千年的俗语也就有它改变的时候。2017年沁源县脱贫攻坚战役开展以来，在这个县的某些山区，那些曾经真的无人过问的穷山沟里，就有人将这句俗语给它改动了一下，变成："穷在深山有远亲"。

话说回头，2017年，沁源县脱贫攻坚战役开启，沁源县检察院也按照县委统一部署，深度参与到这次伟大的战役中来。在参战前的动员会上，时任沁源县检察院党组书记检察长王志勇就指出："脱贫攻坚不是检察院的主业，但也不能摆花架子，应付差事，而是要用实心倾真情，想实招出实力。"事实上，沁源县检察院上上下下也确实是这么做的。为了打好打胜这一仗，沁源县检察院派出了三支脱贫攻坚工作队，分别派驻官滩乡官滩村、争胜村和交口乡北洪林村。而检察院党组也一连开了几次专题会议，明确定下了帮扶思路："以增加农民收入为重点，以思想帮扶和基础设施帮扶为基础，爱心帮扶，多措并举。"

作为一把手，王志勇不仅为三支工作队通盘运筹，而且亲力亲为，与官滩乡争胜村贫困户韩国庆一家结成帮扶对象。要说，韩国庆本人并不甘于贫困，这个中年汉子能吃苦，也有想法，但因为两个孩子正在读书，花费较大，而妻子身体欠佳，常年服药，整个家庭重负千钧，被压得有点喘不过气来。王志勇深入这个家庭，仔细了解，发现韩国庆其实是有着一定基础的，他在种田务农之余，还养了30只绵羊，这些羊一旦出栏可就价值不菲。韩国庆还有一辆机动三轮，却因为没有活干而闲置在家。这些都是这个家庭可以开发的财路，只可惜韩国庆一手难挡四面风，只顾着照顾妻子和农田，根本没有时间去考虑别的。了解到这些情况之后，王志勇下功夫在周边地区为韩国庆联系业务，让他在农闲时间开着三轮去为人跑运输，解决了这个家庭日常花销的问题，然后又帮助韩国庆学习新的绵羊养殖技术，扩大养殖规模，不仅当年实现脱贫，而且实现了持续的发展致富。

同是在官滩乡争胜村，沁源县检察院来的扶贫工作队队长王志强一来就把根扎了下来。老王已经年近花甲，可是脱贫攻坚一开始，他就主动报了名，要求到一线去，到群众中去奉献自己的一份力量。也就是从工作组进村的那一天起，人们便经常会看到这样的情形：每每已是夜深人静，可是在争胜村那座用石头砌成院墙的小院里，总有那么几个人，其中有争胜村的支委村委，还有就是那个与这些村干部们并无两样的王老头王志强在一起争论不休。他们在聊什么？他们在挨家挨户地研究全村每一户贫困户的具体情况，研究如何实现村集体经济零的突破。正如年过七旬的村委委员王金虎所说："咱村的条件实在是太差了。本来历史上就是因为整个村子差才把原来的村名'骆驼头'改为'争胜'，可改来改去就是争不了个胜。"

然而，通过一段时间的深入接触，王志强深深地体会到，争胜村差是差，但是大家并不甘心于这个差，起码不甘心到了我们这一代人还要继续差下去。那么，怎么才能真正改变这个差字呢？王志强反复考察，又请县农业局的专家来村里对这里的自然条件进行分析，最终决定，把既有较高经济价值，又恰恰适合本村水土气候等生产条件的大樱桃引进到争胜村来进行大规模的种植。经过王志强和村两委的努力，一家有志于大樱桃种植的公司被吸引进来，整个村子的贫困户劳动力全部列入这个公司的用人计划，签署了劳务合同。这样一来，贫困户每年每人可以凭劳务获得1万元以上的收入，而村集体也因为土地流转而获得每年3万元的收入。一件大实事，两头都落好。村民们对他们的扶贫工作队队长无不赞赏："王队长就是老黄忠，老将出马，一个顶俩。"

老将了不起，年轻人也经受住了考验。在官滩村，驻村工作队的队长是年轻力壮的郭小明，而交口乡北洪林村的第一书记是更加年轻的安超杰。

在官滩村，郭小明遇到的问题是村里收入少，人居环境差。整个村子，几天也见不到一个年轻人，可是据说在外打工的他们（与她们）又不能保证按时拿回钱来给留守农村的老人小孩。整个村子严重缺乏朝气，垃圾乱堆乱放，人人无精打采。郭小明心想，扶贫先扶志，扶贫首先就要改变人的精神面貌。于是，作为工作队长，郭小明身先士卒，带领工作队员投入到整治村容村貌的工作中去。郭小明托人找来县里城建方面的专家来搞设计，又通过私人关系找来大型施工机械将大面积的垃圾和碎石等彻底清除。郭小明甚至跑回单位求援。在院党组的支持下，在一个周日，单位的26名精壮干警开赴官滩村，一天时间，干到日落西山才返回。

正是在郭小明、工作队全体同志和村两委的共同努力下，官滩村村容村貌得到极大的改变，人的精神面貌也得到很大的改善，在接下来的脱贫攻坚中，扎实奋战，顺利脱贫。

在交口乡北洪林村，安超杰遇到的情况与郭小明又不尽相同。北洪林村自然条件比官滩村要好得多。这里距离县城不到15公里，国道222线距离村子也仅1公里多，全村99户260口人，精准贫困户16户29人。要说，北洪林村土地肥沃，而且面积广阔，670亩的在册耕地，人均将近3亩，还有4000多亩的林地，而且此地紧邻沁河，一半以上的土地可以实现水浇。然而，当安超杰来到这里的时候，这个村子的现实却是有水不浇地，有地无人种，有路不运输。670亩土地，精工细作的几乎没有，撂荒弃耕的倒是不少。原本这个村的产业就是传统的农业单一产业，现在连地都不好好种了，发家致富、脱贫攻坚从何谈起？安超杰人很年轻，说到底，他只是一名刚刚走出大学校园进入检察队伍的年轻人。然而，当党组织找他谈话准备派他到农村去担任第一书记时，这位年轻的共产党员毫不含糊地表示："坚决服从，保证干好。"小伙子年轻归年轻，做事情却一点不毛躁，进村以后，这位第一书记先是沉下来，在群众中走访，在贫困户家里调查，在普遍摸排的基础上，搞清了家底，也向邻村学习了先进经验。安超杰与工作队队长副检察长杜旭明一同召集村两委专题会议，决定在北洪林村引进中草药种植项目。经过一番争取，他们在北洪林村发展了丹参200亩，党参30亩，并保证了销路，这样一来就覆盖了村里全体贫困户，既调整了产业结构，又增加了农民收入，使得贫困户当年全部顺利摘帽。

在这期间，安超杰了解到，年近七旬的高玉秀老人患有贲门癌，妻子又长期患有高血压等慢性病，老两口常年吃药，光药钱每月最少得600元，而他们的全部收入就来自耕种的6亩土地。可是依他们的状况，这地要种好又谈何容易？在了解到这个情况后，安超杰对老两口格外关注，在日常照顾有加的同时，还为他们购买了14只绵羊。老高也积极主动在村边的一座废旧院子里搞起了养殖产业。然而，天有不测风云，半个月后的一天，老高的羊无缘无故死了7只，这把个老高气得几乎要疯，整天认为是有人给下了毒，可自己又实在找不出哪里有什么仇人。为了解决老人的心事，安超杰和工作队的同志们请公安专业人员前来给羊做了解剖，经化验，死羊的胃溶物中确实没有任何有毒成分，这才给老高解了疑。为了帮助老高把羊喂好，安超杰和工作队其他同志一方面跑交口乡民政部门，为老高解决了几百元的救济，另一方面则买来养羊方面的科学读物，为老高详细讲解。这两件事，把老两口感动得见人就夸："都说穷在街头无人问，现在我老高这是穷在深山有远亲啊！"

3. 教育扶贫在沁源

在整体脱贫攻坚战役中，教育是相当重要的一环。作为沁源来说，这个县历史上就有着尊师重教的传统。这里，我们不妨举两个例子。一个我们前面已经说过的，那就是在我们那个村子，曾经的作坪村，现在的正中村，家族之内的教育是有着一定规矩的。即：无论贫富，只要郭家子弟能够考学成功，富人家自不必说，穷人家的子弟亦由族中公费供养。所以，我们村里的在抗日战争中参加革命，后来职位也最高的兄弟俩，也就都是由郭姓族中供给而读完了县高小的。另一个，我们要看一下由孔兆熊、郭兰田主编的民国版《沁源县志》对于民国25年（1936）沁源县几个乡村公立学校的经费记载：

韩洪村：教员2名，学生60名，年经费300大洋，教育基本金1000大洋；

王璧村：教员2名，学生50名，年经费240大洋，教育基本金1000大洋；

化峪村：教员1名，学生16名，年经费80大洋，教育基本金370大洋；

才子坪村：教员1名，学生22名，年经费70大洋，教育基本金260大洋。

当然也有一些村庄并无基本金的准备，但大致状况如此。以当时的消费水平论，教师的待遇不可谓不丰厚，教育的经费不可谓不充足。这也从一个侧面证明了当时在山西，在沁源，对教育的重视程度真的不一般。

沁源围困战期间，应该是沁源党和政府最困难的时期，当然也是沁源人民与党甘苦与共的时期，那时候，连吃饭都是问题。但即使在那样的情况下，中共沁源县委也没有忘记应该抓紧一切机会办教育，把最好的待遇给予教师和学生，而让部队和机关干部去吃野菜啃树皮，开荒种地。沁源第一所中等专业学校——太岳简易师范和第一所中学——太岳中学就都是诞生于那个极端困难时期。而且，我本人曾多次采访过从这两所学校走出来的老一辈，据老人们说，那个时候的学生是真正一切免费的。无论贫富，有教无类。一些富家子弟从外面回到沁源也义无反顾地参加到抗日的队伍中来，相当一部分就是当了人民教师。当然，这个时候的教师学生除了教学，那是要和人民和军队一样打仗的，教师的待遇也只是供给制，没有什么高收入。这样的传统，自然是很宝贵的。记得我们上中学的时候，正是"文革"尚未结束、各种专业技术学校也未恢复之际，但县里的各行各业已经提出了对于人才的强烈需求。于是乎，一个有些怪异的现象在当时的沁源中学出现了，那就是我们上高中的同时，学校还招进了一批专业类学生。最早一批是1970年招入的师资班，解决了一批中小学急用教师的难题。我们作为那个年代第一批进校的高中生，分为沁源中学高九高十两个班。几乎与此同时，学校又招入了两个"机电班"。这机电班是干什么的呢？就是专门培养农机驾驶员和机械电器维修人才的。应该说这两个班的人才为整个沁源县农村拖拉机的普及和农业机械化的推广起到了很好的作用。而这些，是在当时国家各类专业技术学校根本不招生的情况下进行的。再后来，还是在沁源中学，又招收了两个"英语班"。而英语班培养的人才也切实解决了当时各七年制学校严重缺乏英语教师的问题。

如果以挑剔的眼光看问题，这些班级的招生可谓不够正规，但这些不正规的教育成果却恰恰顺应了时代发展的要求，顺应了当时工农业发展的要求，能不说是善莫大焉的好事？

当历史的车轮前进到2017年，前进到一个崭新时代的时候，脱贫攻坚对于教育无疑也提出了新的要求。那就是按照"两不愁，三保障"的标准，以保障义务教育为核心，确保全县尤其是贫困户家庭的孩子能够接受九年制义务教育，确保全县各级各类学生有学上，上好学，以此不断增强人民群众对教育的获得感、幸福感。

这是一个庞大的系统工程，在整个脱贫攻坚战役中涉及面最广，受关注度最深。教育扶贫，不是一句空话，共产党人在义务教育方面的努力也不是一时一地的个性，而是必须不留死角的深入与全面。

让我们大致了解一下这个系统工程的盘子到底有多大：2017年，在沁源2549平方公里的土地上，拥有各类中小学幼儿园103所，在校学生、幼儿共21046人。2017年底，建档立卡的贫困户子女共1305人。具体而言，幼儿113人，小学369人，初中204人，高中170人，中专90人，大专190人，本科148人，硕士20人，博士1人。

这是一个不容忽视的数字，也是一个需要花费大的精力、大的资金来解决的问题。前一阵子，对于"寒门能不能出贵子"的议题在社会上曾经有过相当复杂的讨论，而脱贫攻坚则正是我们的社会需要正面应对这个问题这个挑战的机会。所以说，教育在脱贫攻坚战役中的地位绝非可有可无，无足轻重，而是不可或缺，举足轻重。为了正面应对，确实解决贫困户子女的教育问题，在中共沁源县委县政府的大力支持下，沁源县教育局（现已改为教科局）倾尽心力，在严格遵守国家有关方针政策的前提下，结合本县实际，提出了一系列的应对之策。

一是顶层设计，大格局实施教育扶贫。

其做法是：摸清底数，全面规划，在广泛调查摸排的基础上，按照"全面支持，不落一村，重点建设，不落一校，对口帮扶，不落一户，困难资助，不落一生"的工作方针，坚持问题导向，目标导向一致。

经过反复研究，先后出台了《沁源县教育科技局教育扶贫行动方案（2016—2020）》《沁源县教育科技局精准帮扶工作方案》和2017、2018、2019年度教育扶贫行动计划。

为了确实落实这些计划，使其变成实实在在的行动，沁源县科教局成立了以局长程卫明为组长，分管领导为常务副组长的教育扶贫工作领导组，下设教育扶贫办公室，开通教育扶贫热线，服务全县贫困学子的就学就业。对各学校实行"教育扶贫校长负责制"，实施"一村一队伍，一校一对策，一生一人管"的帮扶机制，确保每一个贫困学生都能够有可以看得见摸得着的帮扶责任人。定点跟踪，精准帮扶，一包到底。

二是多措并举，全方位实施教育扶贫工作。

其做法是：七个落实，一个创新，扎实做好教育扶贫。

首先，适龄儿童学前入园率保证达到或接近全省平均水平，且贫困村9年制义务教育阶段无因贫辍学学生。

2018年，沁源县服务范围内的幼儿园入园率达到98%，超过全省平均水平（90%）。义务教育阶段，通过"手拉手"结对帮扶，全县建档立卡贫困学生全部受助，入学率达到100%，实现了全县范围内无一人因贫困辍学。

其次，切实落实义务教育"两免一补"政策。

2017—2018年度，拨付公用费用经费2732.48万元，按照小学生每人每年1000元，初中生每人每年1250元的标准，为义务教育阶段小学1054名、初中1192名家庭贫困的寄宿生发放生活补助金254.4万元。

第三，落实普通高中学费全免和学生助学金政策。2017—2018年度，普通高中免学费403.18万元。按照普通高中助学金每生每年2000元计算，为沁源一中1237名学生发放国家助学金247.4万元，其中建档立卡贫困生333名，发放金额46.8万元。

第四，落实国家中职中专免学费政策和国家中专助学金政策。2017—2018年度，免除职业中学学费219.255万元；按照中职助学金每生每年2000元的标准，为职业中学144名学生发放国家助学金21.6万元。其中建档立卡贫困生20名，资助金额3.1万元。

第五，落实中国教育基金会上大学路费资助政策。2017—2018年度，通过实地入户调查，走访了解，精准确定85名参加2018年高考，被录取为本、专科（不含二本C、不含专升本）的大学生，按照本省每人500元，省外每人1000元的标准，资助金额5.65万元。

第六，落实了生源地助学贷款政策。按照大学新生，在校大学生贷款每人每年不超过12000元的标准，2017—2018年为生源地贫困大学生办理信用助学贷款4970人，贷款金额3193.49万元。

第七，落实学前幼儿资助政策。2017—2018年，按照贫困幼儿每人每学期500元的资助标准，为全县学前教育阶段3019名家庭贫困幼儿发放资助金150.95万元。其中建档立卡幼儿336名，资助金额15.75万元。

此外，沁源县还制定并落实了针对贫困学生的县级资助政策。由县财政为各级建档立卡的贫困学生资助金额达43万多元。

在以上各种切实有效的帮扶政策落实的同时，沁源县教科局在县委县政府的领导下还开展了创新教育帮扶活动，也就是"手拉手"结对帮扶这一有内涵有活力的教育帮扶活动。通过这一活动，他们对全县建档立卡的1305名贫困生实现资助全覆盖，资助金额达到106.5万元。同时与县慈善总会建立特困教师救助机制，救助特困教师38人，救助金额达15万元。而也正是在"手拉手"结对帮扶这一活动中，涌现出了许多感人至深的故事，激励着一代新人茁壮成长。

三是借助外力，推动全县脱贫攻坚。

各种教育扶贫政策对全县每一个适龄学子有学可上、上学无忧起到了既保底又促进的双重作用。而沁源县教科局在落实这一系列政策的同时，做了一项同样具有重要意义的工作，那就是：借助外力。

他们借助外力的工作，主要有以下几个方面：

其一，加强本县师资的专业化建设。即，实施乡村教师发展计划，建立校长教师培训学习长效机制。依托国培、省培平台对本县校长教师进行全员培训。深入推进与北师大合作的基础教育资源服务项目，实施名校、名校长、名教师、名班主任的"四名工程"，从更高层次的要求上提升本县教育教学质量。以2018年为例，就有123名中小学校长、50名班主任、94名教研员、209名骨干教师分别北上北京、吉林，南下杭州，东赴大连参加培训。经过培训，他们开了眼界，长了知识，并有效地体现在实际教学工作中。

其二，深度推进沁源一中与山大附中的一期、二期合作，提高本县高中教学水平和高考升学率。体现出的教学效果是：2018年，沁源一中高考二本B类院校以上达线180人，达线率26.9%，2019年二本B类院校以上205人，达线率为31%。这些实实在在的提高，也受到广大家长和社会层面的好评。

其三，加强县职业中学与山西省机电职业技术学院、潞矿职业中专学校的结对职业教育帮扶合作，签订《对口帮扶战略合作协议书》，细化合作办法，制定了时间表、路线图，有效地提升了对口升学率。在提升职业教育的议程中，还有一项具有本地特色的项目，那就是发掘和开展职业教育的供给侧结构性改革。创新办学模式，与长治市职业技术学院签订合作办学协议，挂牌成立长治职业技术学院沁源分校。调整增设"园林艺术"专业，增设沁源秧歌、剪纸、农家乐特色餐饮等沁源特色文化培训班。让每一个学生都掌握一技之长，阻断贫困的代际传递。

应该说，沁源的教育扶贫是持久的，有效的，也是多方面的。这一点，笔者在相对漫长的采访与更多的随性走访过程中也确实有所感触。然而，在这里，我所要强调的一点是，沁源的教育当然以高考升学率的提高为一个标志，但却不是唯一的标志。在沁源，你时时处处都可以感受到这个县只要有人所在的地方就有那么一股生机勃勃的气息。而这与他们种类繁多的文化与体育活动是分不开的。2019年，第二届全国青年运动会在山西举行，其中一项在人民群众中广受欢迎而且开展也最普及的比赛项目——三人篮球赛的决赛场地就选在了沁源。比赛是成功的，那几天，不仅沁源人把那些欢乐的时光当作节日来过，附近几县区的篮球爱好者，甚至从太原专程到沁源来欣赏比赛的人们，也把沁源当作篮球的乐园。而事实上，看重沁源篮球的可不只是当地的人们和普通的球迷，就连现任中国篮球协会主席姚明和他的妻子前中国女篮队员叶莉也对沁源情有独钟，将沁源选为"姚基金"全国唯一的希望小学篮球推广示范县。在2019年的男篮世界杯上，就多次出现了由太岳山中走出来的沁源小球童与许多世界级球星手牵手走进赛场的经典画面。此前，2018年10月18日，叶莉代表姚明为由姚基金出资修建的沁源县王陶希望小学揭牌。2019年1月6日，沁源县与姚基金战略合作协议正式签署。姚基金为沁源的中小学培训了一批合格的篮球教练，并送来大批量篮球器材……姚基金的介入，使得沁源的篮球水平在广泛普及和迅速提高两个方面都取得了令人瞩目的成就。

2019年8月，在贵州铜仁举行的姚基金全国少年篮球联赛上，沁源县派出的两支队伍郭道小学代表队和王陶小学代表队，在与来自全国各地的44支篮球队的激烈对决中，屡战屡胜，表现突出，最终分别取得亚军和季军。同样是由山区走出的景凤小学女子篮球队7名队员中就有姚晓妮等3人因球风扎实技术过硬而被省城篮球名校进山中学看中挑走。当然，更应该为我们欣慰，令我这个现今的省城人羡慕的还在于：在沁源，所有的体育运动场地都是向群众向所有人开放的。包括沁源一中那开阔的涵盖有足球场和几块篮球场以及其他球类场地的运动场所，只要一到晚间和公休日，它们都是面向社会开放的。沁源人也因此具有无所不在的运动空间。这一点，许多城市尤其是大城市怕是望尘莫及的了。而在今天的沁源，你任意走进它的一个村庄都能够看到标准的篮球场和各式运动器材场地，供所有的人去运动去休闲。那么，篮球也好，其他运动也好，又能够为人们带来什么好处呢？这一点，似乎不再需要我们赘述了吧。关于体育和强身健体的必要，古希腊伟大哲学家柏拉图说过一句话："身体教育和知识教育之间必须保持平衡。体育应造就体格健壮的勇士，并且使健全的精神寓于健全的体格。"而在100多年前，毛泽东同志在那篇著名文章《体育之研究》中即指出：中国国力之衰弱，国民精神之不振，原因在于"民族之体质，日趋轻细，此甚可忧之现象也"，而"体育一道，配德育与智育，而德智皆寄于体，无体是无德智也"。而在今天，我们是否可以这样说，使全体人民运动起来，健康起来，成为德智体全面发展的人才，将会大大有利于我们实现乡村振兴的美好明天。

4. 工农联盟"福"亦贵

在中国革命取得胜利的历史进程中，工农联盟是我们党能够带领人民走向胜利的法宝之一。这些年来，随着市场经济的兴起，社会分工的细化，工农联盟这个词似乎很少被人们提起，但是，你不可否认的是，事实上，在中国，只有工人和农民才是最可靠的同盟军。何况，无论你承认与否，中国工人阶级本身与农民有着血浓于水的天然不可分割的联系。在脱贫攻坚的伟大战役中，各级总工会发挥了重要作用，亦成为实践工农联合纽带作用的典范。近几年来，沁源县总工会聚焦村情农情，瞄准脱贫靶心，带着情感，带着责任，带着使命扶贫，实施了一系列的惠及贫困群众的好事实事，为全县的脱贫攻坚起到了推动作用。针对建档立卡的贫困群众多为残疾人大龄失业人员，技能水平偏低，不方便外出务工等实际情况，县总工会创造性地开展了"居家就业"培训。他们聘请创业就业导师团队，以及在居家就业方面有造诣的能工巧手，开展具有农村特色的种植、养殖、家政服务、手工制作等方面的技能培训24期，覆盖贫困群众2800余人，实现了贫困户不出家门就能就业、脱贫的目标。

除此之外，他们还以召开大型招聘会、专场招聘会的形式，组织企业入村招聘，在全县范围内共开展了18场定向招聘，由126家企业提供了就业信息562条，岗位386个，实现就业人数541，有力地支援了脱贫工作。

与此同时，沁源县总工会还出资30余万元，为两个帮扶村的贫困群众解决了就医、住房、用水、出行等具体问题，还为两个村配备了篮球、乒乓球、健身等体育器材，为群众提高生活质量奠定了坚实的基础。

对沁源县总工会在脱贫攻坚第一线工作的初步认识，来自笔者2019年秋末对沁源县郭道镇伏贵村的那一次采访。

那是一个阴雨绵绵的日子，我到达这个隐藏在深山之间的村子时，正赶上秋雨带着狂风将一树一树的叶子打落在大地。地里的庄稼已经收割了，按照沁源农民的说法，那是场光地尽，颗粒归仓。到了这个时候，作为农民，一年到头的农活也就基本干完，休闲几日，或者想着过年的事儿了。可是，在伏贵，有那么一个人却不敢休息，即便那是一个周日。他本该待在城里与家人团聚，和朋友共乐，但是他没有，他的心自从2016年底担任沁源县总工会驻这个村的扶贫工作队队长以来，就已经扎扎实实地安在这里了。

回到我第一次见到这位扶贫工作队队长时的场面：在雨中，在风中，村头一座房子的屋顶上，一个人正在大呼小叫，让下面的人把一卷油毛毡递到屋顶上来。下面有人喊叫："刘主席，你下来，让我们上去吧，上面风大危险。"

而屋顶上那个被叫作"刘主席"的人却大手一摆："别争了，我老刘比你们有经验，这活儿干得多了。你生手一个上来可不行。"

这个刘主席乃是沁源县总工会副主席刘保林，身高马大，一米八以上的汉子，50多岁了，却依然像三四十岁的后生般壮实。那天老刘是为一户贫困户的牛圈铺油毛毡。天在下雨，而那牛圈的主人却正好外出去了，老刘的习惯，一遇刮风下雨，就要全村视察一番，看到这家刚刚翻修的牛圈屋顶尚未铺瓦，害怕漏雨淋坏了牛，所以上房去铺油毛毡蒙屋顶。

一番折腾，牛圈保证不漏雨了，老刘才下得房来，与我攀谈起来。

说起来，刘保林对农村那叫一个熟，参加工作以来，26年，先后待过7个乡镇，对农村，对农民，老刘是有真感情的。这几年，人到工会工作了，但是他的心仍然离不开放不下农村和农民。恰巧县里的脱贫攻坚需要组织工作队，刘副主席第一个自告奋勇下乡来。这也等于龙归大海，虎入深山，整个沁源县总工会的扶贫工作队也在他的带动下很快就和扶贫点——郭道镇伏贵村的父老乡亲打成一片。

认识了刘保林，我们也有必要认识一下伏贵村。要说这伏贵村，在全沁源254个行政村里那也要算有些名气的。这个村子从地理位置上讲，地处偏僻，好事坏事，最后才会波及此地。在伏贵所属的自然村郑沟村有两个重要的古迹。一是春秋时晋国名士介子推的墓，也有一说是衣冠冢，有墓有碑文，而且是元明清三代都有碑文。关于这一点，笔者是早年就听说了的，这一次总算到这位大贤的墓前瞻仰一番。对于介子推，当地百姓多少年来都是要在清明节这一天举行"公祭"的，近几年来，政府方面也给予了大力的支持。老实说，当我离开那座宏大且古老的墓冢时，心中便想，倘有闲暇，是不是可以做一番关于介子推生前身后的考察呢？

另一处是明末清初山西一省乃至中国北方最为著名的思想家、大学者傅山傅青主先生曾经讲学的遗迹。如今，郑沟村已经整体搬迁，但是，傅山当年讲学所在地那所建筑却保存尚好。那是一处相当讲究的砖瓦房，包括门楼在内，高大雄伟，很有些气势。院内除南向留门外，三向皆是砖房，沁源特色二层小楼那种。尤其要指出的是，在西房的地下，还有一处用砖圈起来的地洞。其深十数米，直通院外，而院子的外墙是与一大片松树林子连在一起的。这也就是说，傅山当年在此讲学的时候，是有所防范的，防什么？人们没有说，但只要对这位抗清志士有所了解的人就应该知道，清军入关以后，傅山一直从事反清事业。他的儿子曾经与太原交山的反清义军有过密切接触，傅山本人也因和南明派遣的反清联络官宋谦有约而获牢狱之灾。由此推测，傅山在伏贵郑沟的这次讲学，应该是与反清复明的大局有所关联。否则，堂堂山西一省最知名的学者来到太岳山中讲学，为什么不到县城或琴泉书院之类传统的学术殿堂而偏偏要在外人即使下功夫也很难找到的郑沟村这么一个小小山村呢？

伏贵村，是由伏贵、郑沟两个自然村组成的行政村，在近百年的历史上，两个村子从来都是连在一起，到如今更是将原先更靠近深山的郑沟村干脆搬迁到伏贵大村了。如今的伏贵村，在册人口337户1134人，常住人口则不足700人。但是，这700人的伏贵还有一个令人不得不叹服的称号——全沁源唯一的国家级文明村。这个称号是早在2011年的时候就获得了。在此之前，这个村也曾多次获得过许多荣誉称号。关于这一点，只要你走进伏贵村，走进这个村庄的街道、院落、家庭，甚至牛羊圈，养猪场，你都会感受到一种特别的清洁与雅致。虽然是农村，虽然家家户户也养鸡养羊养牛养兔，村里还有10万只鸡的大型养鸡场和肉牛养殖公司，但你在这里却根本闻不到任何异味，街道上干干净净，篮球场、健身房、老年活动中心、日间照料中心，一个个堪比大城市里的星级养老设施。这就是伏贵村，一个古老而现代的文明村庄。但是，这里同样存在贫困。在伏贵，刘保林他们入住时，村里的精准贫困户为27户67人。之所以会有贫困，原因与其他地方是基本相同的，因病致贫，因学致贫乃是两大主要成因。而有所不同的是，在有些地方，为能入选精准的建档立卡贫困户名单，有些人要争要抢，往往会闹出一些不和谐来，而在伏贵，从来没有任何人会因为评不上贫困户而闹意见，相反倒是那些被评上的会找村两委说你看是不是谁谁谁家更困难一些，如此等等。这就体现了一种文明，一种精神。

刘保林和工作队进驻村里以后，深深地感受到伏贵人的这么一种精神，也就越发觉得自己肩上的担子沉重。他们不由自主地暗下决心：这么好的农民兄弟，我们有责任帮助他们彻底摆脱贫困，而且要确保他们不再返贫。在深入了解情况的基础上，刘保林与县总工会领导班子认真研究，拿出了县总工会在伏贵帮扶的一系列方案，并很快将其付诸实施。

扶贫，当然需要送米送面之类一些具体细化的动作，但那绝非长久之计。真正的扶贫，是要在产业上帮助当地集体经济复兴。刘保林他们的做法是：在充分的市场调研基础上，以公司+农户的形式，帮助村里成立了"丰达养殖有限公司"，专业养殖肉鸡。为了促成这个项目的早日成形，县总工会和当地郭道镇政府分别向这个项目注资10万元，以贫困户入股的方式帮助该产业项目发展。这个项目投产后，年出栏10万只肉鸡，给所有的贫困户带来了每年人均分红400元的收入。这钱虽然不是很多，但它却是一个稳定的收入，对于贫困户持久脱贫来说很有帮助。

除此之外，为了帮助深度贫困户，工作队还联系有关方面为8户建档立卡的贫困户各安装了5kw的光伏发电实施，2018年并网发电以来，每年可给每户贫困户带来6000元的收入。

针对个别贫困户住房困难、房屋老化的问题，刘保林他们结合县里的危房改造政策，先后为村里13户精准贫困户争取到资金，进行了危房改造。在这个过程中，工作队与村两委充分发挥伏贵村长期以来所具有的集体经济优势，先行为贫困户垫资40余万元，购买村里所建的标准化单元楼5套，让他们从危房中一步踏入新农村的标准建筑中来。然后，村委会出资26万元，县总工会帮扶5万元，上级拨款2.5万元，总共花费30余万元为24户贫困户改善了居住条件和户容户貌，从而使全村整体的环境与文明村的建设实现了同步化。

针对因学致贫的问题，刘保林与县教育局（后改为教科局）积极联系，在伏贵村一户不落、一人不差地落实"两免一补"9年制的义务教育政策和高中阶段对贫困户学生的经济扶持政策。他们使7个贫困户子女每人享受"雨露计划"教育扶贫资金2000元整，还通过县科教局组织的"手拉手"教育扶贫活动使总共13名贫困家庭的学生得到帮助，完全解决了贫困户子女上学的问题，确保没有一个孩子因贫困而辍学。

作为一个具有传统与历史的文明村，伏贵这面文明的旗帜在脱贫攻坚的战役中更加鲜艳。工作队和村两委共同努力，使全村群众百分之百地参与到城乡居民医疗保险的系统中来，实现了保险全签约。群众小病不出村，大病有保障，2017年，2018年，先后为13户贫困户办理了在县人民医院、县第二人民医院和乡镇卫生院的入院治疗的医疗保险，使全体村民的健康得到有效的保障。

今天的伏贵村，给人以安宁和谐的感觉，明天的伏贵村，将一定会在乡村振兴的道路上更加风采卓然。

就在我采写这本扶贫纪实的同时，中国大地上正在进行着一场史无前例的新冠病毒疫情防控保卫战。疫情来势之猛，危害之大，实属罕见。而我们的党，我们的国家和人民在这场保卫战中体现出了万众一心、勇敢无畏、全力奋战、倾力支援的浩大之势，进行的是一场名副其实的人民战争。这正是中国特色社会主义制度的优势。当国家需要人民需要的时候，广大的共产党员是可以不计个人报酬、不想任何个人得失而一往无前赴汤蹈火的，我们的人民是可以在中央一声令下的时候行动起来的，攻如猛虎，守如泰山。也只有这样，才能在极短的时间内将狂虐的疫情控制在最小的范围内，从而尽可能地减少国家和人民的损失。也正是在这个时候，当我在写字台前"嗒嗒"码字的时候，就更加能够体会到：在我们这个制度下所能够干成的事情，还真是换任何一个地方都不能做到。沁源的脱贫攻坚战役，也正是如此突出地显现了这种制度的优越，显示了党和人民在攻坚克难时的那么一种上九天揽月、下五洋捉鳖的革命豪情和勠力同心、无坚不摧的坚定信念。

正是在这个制度下，沁源的企业，尤其是那些原本就是由国有大中型企业演变过来的骨干企业，也在脱贫攻坚的战役中起到了无可替代的作用。

5. 沁新扶贫五模式

山西沁新能源集团股份有限公司是山西省百强企业和民营百强企业以及制造业30强，长治市最大的优质主焦煤生产和加工转化基地，同时也是沁源县的龙头企业。经过改革开放几十年的发展壮大，如今的沁新集团拥有资产总额达138亿元，员工总数1万多人。整个企业的规模也由最早的单一煤企而发展成为拥有煤—焦—电—热和煤—电—机—材两条循环经济产业链的现代企业。不仅如此，沁新集团还是中国铸造焦生产基地、中国耐磨耐火材料生产基地。应该说，作为一家民营企业，沁新已经蹚出了一条属于自己的金光大道。所以，这个企业连续多年荣获包括"全国五一劳动奖章"在内的多项荣誉，而集团总裁和党委书记孙宏原也光荣当选为中共十七大和十八大代表。我们这里要说的是，作为民营企业的沁新，作为民营企业家的孙宏原，始终没有忘记这个企业的主体是工人阶级，而工人阶级具有最彻底的革命性和最强大的创造力；也没有忘记工人阶级和农民兄弟是天然的兄弟与联盟。作为年创利税以10亿计的大型企业，沁新的所有人早已摆脱了贫困。在沁源，实际上周延到附近的一些县，有一份沁新的工作那应该是令人羡慕的。但是，我们前面多次说过，作为能源大县，沁源县域之内能源蕴藏本身有着相当的不平衡。16万人口的县份，不可能所有的人都到某一个企业去谋求一份工作，哪怕这个企业再强再敞开胸怀。沁源仍然有贫困现象的存在，仍然有贫困的孩子上学难，贫困的老人看病难，贫困的家庭生活难。这一点，孙宏原看到了，沁新人看到了。他们深知自己有责任有义务为自己的农民兄弟排忧解难，为自己的父老乡亲脱贫助力。沁新集团党委把脱贫工作当作整体工作的一部分，纳入高层议事日程进行有序安排。沁新的扶贫当然并不始于沁源脱贫攻坚战役，而在2017年的脱贫攻坚战役中，沁新人拿出了自己最出色的答卷。在中共沁源县委县政府的统一领导统一安排下，沁新集团坚持以高度的政治责任感与历史使命感，主动践行社会责任，聚合企业资源与发展能量，积极创新独特的扶贫模式，以多途径、多渠道来推进建档立卡贫困户的产业发展与增收脱贫。在2017年至今的几年时间里，沁新集团累计帮扶全县114个行政村，精准投入资金1000万元，使贫困户800多户、贫困人口4200多人受益；向光彩慈善事业累计捐款达2.5亿元，为沁源县域内的脱贫攻坚和经济发展做出积极的贡献。综观这些年的脱贫攻坚，沁新集团在他们的实践中成功地遵循了以下几种模式：

"循环产业+扶贫"模式

多年的脱贫实践告诉我们，真脱贫，脱真贫，发展产业是关键，是根本。近年以来，沁新集团正是按照自身的优势，在脱贫攻坚的实践中确立了"依托煤，延伸煤，超越煤"的企业发展战略，调整产业结构，加快转型发展，逐步新建、扩建了选煤厂、发电厂、焦化厂、刚玉厂、机械公司、建材公司、物流公司、铸材厂、热力公司、农林公司等企业，兼并重组整合了8个煤矿，从而成为包括李元本部和沁北分部两个工业园区，下属31个各类型企业的集团化能源公司。产能动能的全面发展，也使得沁新集团的上缴利税连续多年位居长治市地方企业的首位。在脱贫攻坚战役中，沁新集团以积极的姿态勇于承担社会责任，为沁源县的脱贫攻坚做出了一个大型企业所应有的贡献。在此期间，沁新集团先后吸纳安置了农村富余劳动力6000余名，辅助和带动了周边餐饮、运输等第三产业的发展。

在带动农村产业发展的过程中，沁新集团与太岳金色豆豆食品有限公司的合作就是典范之一。

太岳金色豆豆食品有限公司位于沁源县李元镇贤友村，是一个瞄准了绿色无公害市场的大型食品生产加工企业。这个公司的宗旨是要将太岳山中的绿色农业推向大城市推向海内外。从其2015年末动工兴建到笔者采访的2019年末，这家公司已经发展成为投资4900余万元，占地30亩，包括4个豆制品生产车间的大型食品企业。为当地解决就业人员200余人，其中建档立卡的贫困户10户20人。若说这家企业的特色，那首先就是着眼于外向型市场的眼界与行动。截至目前，金色豆豆已经成功地将自己的产品行销全国各地——在山西，销售网络遍布太原、大同、汾阳、临汾、吕梁、运城、长治、晋城等地；在全国，则已经扎根于淮安、上海、南京、北京、西安、天津、合肥等等大中型城市。2017年9月，金色豆豆甚至参加了澳大利亚悉尼举行的国际食品博览会，与俄罗斯、哈萨克斯坦、乌兹别克斯坦等国签订了合作意向书，在海外绿色食品市场博得一席之地。

早在2018年，金色豆豆就与江苏食品行业的龙头企业南京果果食品有限公司达成战略合作协议，合作内容包括：腐竹生鲜的生产销售，豆油皮生鲜的生产销售，千叶豆腐生鲜的生产销售。须知，这个南京果果公司可是响当当的南京市政府指定的菜篮子工程重点企业，也是南京市内豆制品行业协会的会长单位，国家级的龙头企业。

那么，我们说了半天金色豆豆，这些又与沁新有什么关系呢？奥妙就在金色豆豆的"绿色"两字。2020年元旦过后的一天，笔者参观采访了名气赫赫的金色豆豆。举目所见，确实给人以一种震撼。偌大的厂房里，你听不到任何机器的轰鸣，看不到曾经工业化的象征——烟囱的存在，而巨型的机器运转如常，只有轻微的声音在告诉你，这里是厂房，是车间。我们走进车间的时候，首先需要换衣服穿鞋套，因为，车间里一切都是在无菌状态下操作的，这也保证了产品的安全和卫生。而这一切的一切之所以能够成为现实，乃是因为这家食品生产企业所采用的动能并非人们常见的电力与油料，而是干净和绿色的——热力。这热力的来源正是沁新集团发电厂的有效余热。

"农业产业+扶贫"模式

在2017年沁源脱贫攻坚战役以来，沁新集团累计帮扶的村子在全县范围内多达114个。而沁源全县行政村的总数为254个，也就是说，沁新集团的帮扶对象竟然涉及全县45%的行政村。而在帮扶的具体形式上则选择了多种多样。结合被帮扶对象的实际情况，诸如地理条件，水利资源，传统特色等，分别签订了特色农业、农家乐、文化旅游、小杂粮种植、农副产品加工、畜牧业养殖等不同的产业帮扶协议，年均帮扶资金达600万元。尤其在中峪乡龙头村，投资300余万元，修建了110米长的跨河大桥，建筑了5个蔬菜大棚，特别是帮助龙头村结合当地气候优越的自然条件，发展了近千亩油菜花种植和菜籽油的配套加工，这也使得现在的龙头村成为远近闻名的油菜观赏景点，每年一度的油菜花观赏节都会引来附近各地数以万计的游人。

"光彩慈善+扶贫"模式

"沁新集团作为山西省的民营企业，要自觉承担为民服务的社会责任。"这是沁新集团董事长孙宏原经常讲的一句话。事实上，在他的领导下，这些年来沁新集团也确实是这么做的。从 2000 年到 2019 年，但凡沁源籍的学生考上大学，沁新集团都要给予资助。目前已经累计资助 2200 余名，资助款项达 1000 余万元。沁源作为高寒地区，过冬离不开煤炭。沁新集团每年过冬都要拿出上年度产量基数吨煤 3 元的总数捐赠给慈善协会。要知道，若以现行产能计算，沁新集团一年原煤产量为 462 万吨。也就是说，沁新集团每年仅此一项为慈善事业的捐款就达到 1300 万元以上。而这个捐款是专项用于贫困户过冬的，是真正的送温暖。除此之外，在 2017 年的沁源县脱贫攻坚战役中，沁新集团各阶层干部还积极参与了由县教科局统一组织的"手拉手"结对行动，为全县 100 余名建档立卡的贫困家庭子女上学进行了资助。随后又在光彩事业"太行行"活动中捐款 300 万元。这一切，无不彰显了企业对社会责任的自觉担当。

"村企共建+扶贫"模式

这是沁新集团在脱贫攻坚中的又一种扶贫模式。我们知道，沁新集团下属企业遍布全县许多地方，集团秉承"和睦共处，共同发展"的原则，与所属企业所在地各村镇的脱贫攻坚在规划与行动上都做到了一体化，共进退。在李元镇韩家沟、下庄两个村子，沁新集团积极帮扶当地发展了光伏产业，在新章、马森两村，则支持当地大力发展中草药种植与加工。而在李元与马兰沟，则因地制宜，开辟大型停车场，一方面解决集团与当地旅游车辆停车难的状况，一方面帮助当地增加了收入，扩大了就业。与此同时，集团对所有驻地村镇的学校一律实行无偿供热等等。这些年来，沁新集团每年预算之内都会拿出2000 余万元来用于支持驻地村镇的发展与建设，受到驻地政府组织和人民群众的广泛赞誉，也得到县委县政府的肯定与表彰。

"民生事业+扶贫"模式

近几年来，沁新集团先后投资5亿元，用于集中供热体系的建设。这项工程涉及面广，涵盖了沁源县城和李元镇共计20000户以上的居民（机关单位），为县城和李元镇的能源清洁化、全县绿色化做出了积极贡献。沁新集团还投资1000万元，在李元镇及附近村庄范围内建设清洁饮水工程，惠及沁新园区周边各村庄，总计惠民1600余户4930人。在医疗卫生方面，沁新集团投资3000余万元，扩建了李元中心卫生院，配备了现代化的医疗设备，使驻地居民足不出村就可以享受到与县城居民同等级的医疗待遇。这些民生事业，不仅改变了这些村庄内民众的生活方式，也在中共沁源县委县政府一再强调的蓝天保卫战和饮水健康工程的建设中搭起了一个十分重要的决战堡垒。

显而易见，沁新集团和孙宏原本人对于脱贫攻坚，对于回报社会的举措非常得力、出色。正所谓奋斗永未有穷期，总需更上一层楼，这些年来，沁新集团党委书记董事长孙宏原先后荣获多种各类奖励和荣誉，沁新集团也荣获省市县各级有关部门授予的"脱贫攻坚贡献奖""山西省以企带村建设社会主义新农村优秀企业""新晋商万企联万户感恩行动突出贡献奖""希望工程特别贡献奖"等多项荣誉。现在的沁新，正像一列高速前进的列车，一艘挂满旗帜的航船，在自身的改革创新与发展壮大中勇往直前，乘风破浪，而其对社会的回报也必将日益彰显。

6. 奇人奇事话通洲

在沁源，任铁柱这个名字和他的山西通洲煤焦集团可谓无人不知无人不晓。再往大了说，即使放眼长治市，甚至山西省，通洲集团也应该是具有相当分量的一个存在。今日通洲，是一家集原煤开采、洗煤、炼焦、化工生产、旅游开发为一体的大型民营企业。就规模而言，通洲集团下属子公司有18家之多。其中煤矿4座，焦化厂1座，甲醇化工厂1座与洗煤厂1座，此为其主体产业，其余旅游、运输、物流、三产等等则形成了围绕主体产业的循环产业链。以2019年来看，通洲集团实现了原煤420万吨、洗煤350万吨、焦炭215万吨、化工产品85000吨、甲醇10万吨的宏大目标，企业工业年产值达27亿元，上缴税费达8亿元之多。

今日通洲集团，不仅拥有近万名员工，更有着一大批高学历高水平的技术骨干力量和企业管理者、职业经理人。然而，如此庞大的有着37年历史的企业集团，它的最高管理人集团董事长却是一个小学学历。是的，任铁柱确实只有小学学历，但是，这并不影响他游刃有余地成为一大堆知识分子——高级工程师、高级经理人、博士、硕士、学士们既尊敬又贴心的领导者、掌舵人。

任铁柱，一个地地道道的沁源人，一个标标准准的励志者。从某种意义上来说，任铁柱的人生道路本身就是一部完美的"脱贫"大剧，奋斗大剧。如若不信，请先看看这个人所从事过的职业：

放羊。小学尚未毕业，仅有十一二岁的任铁柱就成为生产队里最年轻的放羊者。因为某次风大天黑丢了一只羊而和身高马大的生产队长"打"了一架（事实上队长并没有真打他，而铁柱却一头把队长给撞倒了），丢掉了这份一年可以挣到150个劳动工分的"工作"。

下窑当矿工。这个工作先后干了两次，但每一次都因为有了新的想法而转行。

公社炊事员。这个工作使他认识了方圆左近的许多名人能人，而这些也成为他创业的最佳资源。

公社黄牛改良站技术员兼兽医。几乎是纯粹的自学成材，却成为闻名一方的技术人才。

牲畜交易员（俗称牙行）。这同样是自学成材。

公社翻砂厂采购员兼厂长助理。

公社陶瓷厂技术骨干。

最初的单干——买驴养驴赶驴车，最简单的跑运输。

直到20世纪80年代初，赶上了好政策好时代，任铁柱决定自立山门，就在家乡小聪峪村的河滩上架起窑来烧石灰，这应该是他真正开始创业的起点。

毋庸置疑，任铁柱干过的这些职业，走过的这些路，没有一样是坐享其成，没有一样是平坦大道。他付出的是汗水、泪水甚至血水，而得到的是丰富的经验教训和坚强不屈的意志。所谓"艰难困苦，玉汝于成"，在任铁柱身上可以说得到了最好的验证。回过头来看，当年的任铁柱就不想上学，不想读书吗？不是的！当年的任铁柱在学校是最好的学生，天才的组织者，当然也是每每令老师头疼的那个"刺头"。老师很喜欢他，喜欢这个聪明又捣蛋的男孩子。然而，身为农民的父母实在有些养活不了包括任铁柱在内的三儿两女这一大家子。何况，铁柱的大哥，也是当时家中唯一能帮上父母的壮劳力，在一次事故中不幸遇难，而二哥又天生智障，这就使得少年任铁柱经常为了几毛钱的一本书而犯难，他羞于和父母开口，因为他知道，家里连买咸盐的钱都没有，又怎么可能有闲钱为你买书呢？更何况，当时的学校，实际上也很少有时间学文化学科学，更多的时间，几乎都放在和大人一样参加运动、参加学农这样的事情上去了。所以，一心为家中减少负担，一心要自己挑起生活重担的少年任铁柱才走上了辍学的道路；所以，很多年以后，任铁柱根本见不得人家的孩子因为贫穷而辍学受制。所以，任铁柱才几十年一贯制地对周边的村庄和学校不遗余力地予以扶持，将它们建设得和大城市的学校一样美好。

关于任铁柱，在我的记忆中几十年来似乎从未有过什么变化。当初那个留平头中等个儿的农村汉子，到现在依然是十足的农民形象。虽然他已经有了足以骄傲的事业，虽然他早已是县人大代表、市人大代表、省人大代表，虽然他早已是"五一劳动奖章"获得者，同时也获得过"中国优秀民营企业家""全国优秀诚信企业家""山西省功勋企业家""山西省劳动模范"等等多得数不清的荣誉称号，但是，他的诚实、勤劳、善良、简朴的劳动人民本质却丝毫不曾改变。和那些唯洋是举、豪奢无度的所谓有钱人不同，"大老板"任铁柱的一日三餐简单到令人"惨不忍睹"，除了五谷杂粮没有别的。他吃得很香，睡得很甜，全无某些"现代人"缠身的"富贵病"，就连他的身材也保持得很好，所以，60岁的任铁柱仍像40岁的任铁柱一样每天从一早起来就马不停蹄地"巡视"在方圆几十平方公里的"任氏王国"里，寻找着自己和企业存在的不足，寻找着个人和企业走向未来的方向和力量。

也许有读者会说，你的这部作品应该是有关沁源县脱贫攻坚的真实记录，有关任铁柱个人的风采还是放到另外一部作品去吧。我要说的是，其实您仔细想想就会明白，以上这些文字说到底还是没有背离我们的主题，因为，任铁柱和通洲集团的扶贫之路可不是按照某个文件的精神始于某年某月，而是一以贯之的。也就是说，自打任铁柱创立他的第一个真正的企业——兴盛焦化厂开始，他就没有停止过向贫困乡亲的捐助和帮扶。可以说，他之所以创立自己的企业，说到底，根本目的就是带领乡亲们向贫穷宣战。所以，在通洲集团，但凡不是对工种本身有着特殊要求的岗位，任铁柱原则上就用本乡本土的乡亲，仅此一项，通洲近万名员工本县人就占到了60%以上，也可以说，能来通洲工作，这个家庭就已经解决了贫困问题，而且绝大多数的员工都过上了小康生活，而这，意味着几千个家庭，几万人口的小康生活啊。不仅如此，2011年以来，尤其是2017年沁源县脱贫攻坚战役以来，任铁柱和他的通洲集团在扶贫工作上又加了一把劲，先后投入总数亿元以上的资金，在以下几个方面为脱贫攻坚做出了突出的贡献。

一是热心投资教育事业。前面我们说过，对于教育，任铁柱有着超乎于常人的热心与志向。正是因为童年时代的遭遇，倔强的任铁柱几乎所有的知识都是来自艰苦的实践和自修，所以他无比珍惜今天年轻一代得之不易的幸福生活，无比感叹当今社会孩子们可以安然就读的大好形势。这些年来，任铁柱通过各种渠道，先后用150余万元资助了500名贫困大学生，让他们无忧无虑地完成了自己的学业。与此同时，通洲集团还与大专院校展开校企合作，培养15批900多名应往届毕业生，让他们学到了一技之长，并为他们创造就业平台。统计一下，2017年以来用于教育方面的投入已达2700万元。

二是积极改善村容村貌。任铁柱和通洲集团从创业之初就坚持发展为了人民，发展成果与人民共享的理念，坚持为当地群众办好事、办实事、增福祉。这些年来，先后安置周边各村劳动力6000余人就业，这也有效地解决了这些家庭的经济来源问题，极大地减少了周边各村的贫困人口与贫困现象。除此之外，通洲集团还坚持为周边各村修路架桥，解决各村供水、供暖需求，尤其保证了周边各村各级学校的供水供暖免费供给，充足供应。另外还在道路硬化，建设绿水青山，美化村庄田园实现企业与乡村幸福生活一体化等方面做出了极大的努力，累计投资达2.6亿元。

三是热衷参与社会公益事业。应该说自从通洲集团创业以来，就坚持了对公益事业积极参与的态度。这些年来，无论遇到任何自然灾害还是政府组织各项公益事业，通洲集团都做到了积极参与，积极贡献。2011年以来，各项捐助达4300万之多。2020年年初的新冠病毒疫情暴发以来，任铁柱个人和集团也再次投入到为抗疫捐款的行列中去，捐款总计176万元。

四是为传统文化做贡献。就在这次采访活动中，我见证了任铁柱对中国传统文化的热爱与执着，投入与奉献。老实说，当看到任铁柱珍藏于一座大型文物馆似的文化精品收藏室里的那些文化瑰宝时，我震惊了！当看到任铁柱亲手打开那一柜柜在市场上、在图书馆都难得一见的各式线装古籍的时候，我震惊了！作为一个对祖国文化对民族传统情有独钟的读书人，作为一个奋斗50年的文史工作者，我见过的古籍也不算少，居然在任铁柱这个只有小学肄业文化程度的"农民"这里开了眼界。就我看见的那些书籍，如明代线装的《道德经》《国语》《周易·系辞》《楚辞集注》等等，可以说每一本都价值不菲。我知道，在每一本线装书的背后都有一段故事，都有一个文化梦想。

就在2019年，任铁柱将整整两卡车难以估量其具有多大价值的中医古籍书无偿捐献给了沁源县中医院。两卡车是多少？我不知道，而任铁柱面对我的追问却只是微微一笑：没多少。我只知道，在任铁柱的计划中，他还要将现存于自己书库里的更多的古籍捐献给国家。任铁柱的说法是："我做这一切，还不都是为了国家？"

风物长宜放眼量。任铁柱和他的通洲集团已经着眼于今后10年、20年、50年的发展了。在这次采访中，我有幸目睹了一个具有世界级新科技含量的215万吨现代煤化工项目的建设过程。这就是被山西省工业和信息化厅以晋工信化工字（2019）81号文件列入省级重点支持的4个贫困县大型项目之一——通洲集团215万吨6.25米捣固焦炉项目。这个项目最大的优势在于，它将彻底突破煤焦产业以煤焦为主体的固有形式，而成为以焦炭与化工产品相辅相成的综合共生格局。其配套的脱硫、粗苯、硫铵、热能与污水处理、环保治理将使整个通洲集团在产能和效益上再上新台阶，未来3年全部投产后，215万吨焦化产品和60万吨配套延伸的化工产品将使集团年销售收入达到100亿元以上，上缴利税也将达到25亿元。任铁柱和他的通洲集团，将在沁源人脱贫致富和乡村振兴的道路上再做新贡献，再创新奇迹。

7. 耕耘大地的"骡和马"

"骡和马"的真名叫作罗学全，他的另外一个名字是"罗河马"，而我之所以给这位老总起上一个从字面上来看多少有些不敬的名号，其实是真的既有一定道理，也是一种特殊敬意。罗学全并非沁源人，却像一个地道的沁源人一样，把这里当作自己的家乡来建设，来奉献，像骡子一样以强大的毅力和韧性，认准一条道路不回头，一直坚持走下去；同时也像马一样永远保持清醒的头脑，不为蝇头小利而犹豫，也不为风吹草动而动摇，所谓"老马识途"是也。那么，罗学全这头骡子这匹马，所认准的道路是什么呢？就是要以自己的行动，自己的努力，帮助沁源这片绿色山川、红色土地上的农民兄弟尽快摆脱贫困，走向富裕，共同开拓更加美好的明天。

说起罗学全的历史，那还真是有点儿特色。出生于20世纪50年代中叶的罗学全本是清徐县人，在当地，也是风云一时的人物。90年代前后，罗学全和家人在陕西做石油曾经赚了好大一笔钱。他因为家乡人民和当地政府的邀请而回到家乡那个村子当了6年多村主任。那村主任当得算是风生水起，给家乡做了不少好事。当初罗学全回去的时候并不清楚，为什么自己那个3000多人的村子居然没有人愿意当村主任。这应该说很不正常，人家村子都是争着抢着当村主任，怎么自己的村子非得请一个已经离村20年的游子回去当村主任呢？大概是因为自己人缘好吧。可真回去了才知道，偌大个村子，账本上居然没有一分钱的存款，倒是有着50万元的欠账，人家要账的都天天堵在村委会门口不走，所以没有人愿意干这个村主任。罗学全二话不说，先拿出50万来还了债。村人又说，有这钱还不如给咱老百姓干点儿实在事呢。当然罗学全心里有底，这50万，只是为了排除干扰。接下来，罗学全连出大招。先是清理满村满街的垃圾。雇了几辆卡车，拉了一个月才拉完。这个时候，村子里人们的心态就又在开始转变了，观望的，等着看笑话的，基本都变为支持者，开始为新村长唱起了赞歌。干干净净，大家心情都舒畅，这有什么不好呢？接下来，罗学全自己掏钱改建学校。村子里的学校已经残破不堪，罗学全不忍心让孩子们在那样的环境里读书。尤其冬天，冻得连手都伸不开。这两件事让村民们看到了新村长的能力和实力，这个时候的罗学全在村子里那是真的威信大升。第二年，罗学全引导全村搞水浇地，同时解决村子里的吃水问题，打深井，不再喝那些有味道的水。这事情又是一炮成功，罗学全的名声开始传扬。但罗学全的心事并没有满足，他又开始往村子里招商引资，一下就把在整个省城都大名鼎鼎的美锦集团给引了进来，全村人都因此而解决了收入问题，罗学全的原先最贫困的村子一跃成为在清徐可以排进前十名的先进村庄。

当然，这一切都是过去时，2000年，迎着新世纪的曙光，罗学全离开家乡，来到只曾闻听、未曾一见的太岳山区沁源县，来到沁源的中心地带郭道镇。新鲜的空气，绿色的山水，与大城市完全不同的自然条件，还有完全不一样的风土人情，罗学全一下子就爱上了这块有着红色基因的绿色土地。当然，他也看到了当时还十分贫穷的当地农民是在如何捧着金碗讨饭吃；看到了已经荒废多年、同时也拖欠当地土地占用费和一切应缴费用多年的一座大型焦化厂像一位伤痕累累的战士横亘在郭道镇最好的土地上却丝毫不为这土地的主人做一丝贡献。罗学全下决心改变这废弃的厂子，让它重新充满活力。于是，一场始料未及的艰难拉锯战开始了。好在，在这一点上，当地政府和村两委起了关键的作用。正是通过他们的努力，才解决了这个废弃厂子存在的遗留问题，让罗学全在这里有了立足之地，有了大展宏图的基地。当然，就在当地政府和村两委为焦化厂的遗留问题艰苦努力的时候，罗学全也没闲着，他在干什么呢？他在为这块土地的未来做规划，做人力资源和生产生活方式的规划。这期间，罗学全考察了郭道镇上的学校和幼儿园，似乎看到了自己家乡的过去。他知道，要让这里的农民来他正在规划中的企业务工，就要先为他们解决家家户户都会遇到的那个问题，让孩子们有个好的学习环境。2001年，罗学全投资5000万元，焦化厂经过半年时间的改造，开始恢复生产；同时，罗学全投资700万元，郭道村小学和幼儿园开始改造，年内全部按照现代化标准建成投入使用。这时，罗学全的规划就开始显现出他的独特而科学之处。这个规划的特点在于，良好的教学环境和早教环境，使得男人们不再有后顾之忧，而原先因孩子拖累在家的广大妇女得以解放，也跃跃欲试想走出家门，为社会做贡献，为家庭增收入。罗学全顺势而上，广开人才引进之门，在青壮劳力不够的情况下，大胆招收女工入厂，这其中就有一支共20余人的女子保安队伍。这帮妇女往厂门口一站，个个威风凛凛，那个气派，男保安都比不了。女子保安执行厂纪厂规更加严明，不徇私情，真叫个红颜更胜儿郎。但对于罗学全来说，真正重要的意义在于，由于这些女工的另一半大部分也在厂子里，夫妇之间就形成了一种无形的良性的监督与比较，这对于整个厂子的企业文化建设有着促进作用。从更深层次上来说，罗学全的这个举动也促进了郭道镇上农民兄弟的真正脱贫，甚至给郭道镇的社会风气也带来了好的影响。当然这些都是潜移默化的。往往是一段时间以后，人们才会发现，自从镇子上更多的女人走进工厂参加工作以后，街坊邻里之间的抖闲话、聊八卦、吵乱架的少了，以往趁男人不在时摸两圈麻将打几把扑克的少了。这样的转变，理所当然也促进了街头巷尾精神文明的建设。

2004年是罗学全真正把根扎在沁源的一年。这一年，他对自己的企业进行了全面布局，山西明源能源集团有限公司正式成立，公司下属之洗煤厂、电厂、砖厂、焦化厂同时进入建设阶段。罗学全的扶贫兴农事业也进入一个新的阶段。2007年，罗学全针对沁源水资源优质，阳光充足的自然条件，在沁河的乱石滩上硬生生垫出一块地来，然后搞了100亩温室大棚试种蔬菜，一举获得成功，一下子解决了当地居民在冬季很难吃到新鲜蔬菜的问题。紧接着，罗学全又从自己的老家著名的葡萄之乡清徐，引进通过山西农科院改良又适合沁源自然条件且经济效益高、口味又极好的葡萄品种"早黑宝"，在崔庄一带一下子搞了38座温室大棚。这个项目也是一炮而红，时至今日，这些每个只有8分地的大棚每年平均可以收获2000斤以上的葡萄，而以今年的价格而论，每斤8元，那就是16000元。

2019年，罗学全在养农富农、以农促富的道路上又有新的大动作。10月26日上午，郭道镇朱鹤沟内锣鼓喧天，欢声笑语交织相融。由罗学全明源集团主导，山西清控五和生物工程发展有限公司与江苏乾宝牧业有限公司合作组建的10万只湖羊养殖项目建设正式拉开帷幕。这也吸引了山西省畜牧兽医局局长、长治市畜牧兽医局局长等重量级嘉宾前来参会同贺。中共沁源县委书记金所军宣布项目开工，县长徐计连热情致辞，县委副书记张文波主持了这次大会。确实，这是一个具有深谋远虑和战略眼光的重大项目。10万只湖羊的养殖意味着什么？意味着上千人的就业问题得以解决，而这上千人的就业也意味着与此相关的这些家庭在脱贫之后能够保持不会返贫。这还意味着，与此项目配套的35000亩约88000吨青玉米和8万多吨的干草种植同时可以解决更多农民的生计问题。这个项目将带来巨大的经济效益，而且是环保节能绿色的循环经济效益，真可谓一举多得，利国利民利己。然而，罗学全说，这可不是终极目标，在他的计划里，10万只湖羊只是第一步，二期工程也将紧锣密鼓地很快跟上，将会扩建标准羊舍，5年后实现年出栏湖羊30万只，逐步建成全省乃至全国最大的羊产业基地。以此推进沁源全县的绿色特色农业生态体系发展，实现肉羊加工与餐饮服务、羊文化主题公园及传统红色文化的大融合大旅游的顺利开展。

在沁源的青山绿水之间，有这样一个大型项目的加入，联想到它将会产生的连锁效应，我不能不对眼前这位"农民"报以一腔的敬意。这位将沁源视为家乡，将农业视为生命的人，是一个值得尊敬的人，一头不知疲倦的骡子，一匹不停奔驰的老马。

当然，除了这些大型的项目之外，2017年沁源全县的脱贫攻坚战役中同样少不了这头骡子这匹马的踪迹。

甚至更早的时候，2008年，罗学全就把目光投向在沁源来说真正贫穷的地方，其实也是风光更好的地方——官滩乡和景凤乡。那一年，他在官滩目睹乡卫生院的院子里风吹日晒雨淋的医疗设备后，于心不忍，自己掏钱100万元对这个穷山沟里的卫生院进行了彻底的改造，让那些国拨的设备能够真正发挥它们的作用。紧接着，他又在景凤对这里的学校进行了改造，露天的厕所改成了现代化的卫生厕所，农村式的破旧厨房改变成了漂亮的新厨房，教室里原先很不合适孩子们坐的连体桌椅也全部换成了城市标准的新桌椅。当然，有了这些，还不能少下孩子们住宿的宿舍。所有这一切，恰恰赶在新学年开学前全部搞定。

2017年，在沁源全县脱贫攻坚战役中，教育扶贫再次提上了日程，罗学全也再次走在了前列。这些年来，他不仅前后参与或直接改造了郭道、景凤、秦家庄、前兴梢、崔庄、活凤等村的小学或卫生院，而且在手拉手教育扶贫的结对行动中与100个贫困家庭的孩子结成对子，每年为这些孩子每人资助1000元，这笔钱要一直资助到孩子高中毕业。

近些年来，罗学全又把目光从教育扶贫扩展到农村养老的问题上，在崔庄，他为自己定了一个规矩，每年重阳节给村子里所有70

岁以上的老人发放1000元的慰问金。我问罗学全，你的人生目标是什么？罗学全的回答掷地有声："我将把自己的后半生全部奉献给沁源，70岁之前，把这一带的农牧业发展起来，成功一批，就向当地政府和村子转移一批。我规划中的千亩生态园目的就是要把它搞成集体经济的造血机器。"

罗学全，期待着你的更大的成功。你的"野心"也一定能够实现。

8. 黄土高坡唱大风

山西黄土坡煤业集团有限公司是沁源县又一家大型民营企业。现在的黄土坡集团，已经由最早的单一煤炭产业转变为集煤炭开采、洗选、物资贸易、旅游、客运、农牧有机养殖为一体的多元化股份制民营企业。当然，由于历史的原因，黄土坡集团的主业还是煤炭，它有年产90万吨和年产120万吨的煤炭矿井各一座。与同类型的沁新集团略有不同的是，黄土坡集团在前几年刚经历了一次产能扩大，这次改扩建对于企业来说既是必要也是一次大的消耗。但是，尽管如此，一直以来，以集团党委书记王俊峰为首的黄土坡人始终践行着一件事：作为土生土长的当地企业，在那片土地上的父老乡亲们需要助力一把的时候，毫不犹豫地冲上去，为他们鼓劲加油，为他们驱寒送暖，与他们同甘共苦，与他们携手共进。尤其是在2017年沁源脱贫攻坚战役开始以来，黄土坡集团先后投入扶贫资金已达7000余万元，为全县脱贫摘帽做出了杰出的贡献，充分彰显了民营企业中共产党人不忘初心的情怀和对社会责任的勇于担当。在这场战役中，黄土坡人的做法简而言之可以归纳为以下几点：

吸纳劳力就业扶贫

作为企业领导，集团党委书记董事长王俊峰始终不忘社会责任和时代重托。长期以来，黄土坡集团要求集团本部和下属企业一定要在用人制度上坚持以吸纳驻地及周边劳动力为主。以此来帮助身边的群众走出就业困境和经济困境，真正靠劳动脱贫。正因如此，整个黄土坡集团现有1800余名在岗职工中，70%是农民工，而农民工中的30%则来自周边困难家庭。企业正是通过这种就业安置，每年可以为这些家庭带来直接经济收入3000万元。

如何对待自己的员工，是衡量一个企业是否具有向心力凝聚力的客观标准。在这一点上，黄土坡集团牢记自己应有的社会责任，即便是在前些年企业状况并不太好的情况下，也始终未曾把任何一个困难职工和困难家庭推向社会，推给政府，也从未欠过农民工一分钱的工资，从未降低过职工的福利待遇。还是在黄土坡集团，企业保持了一个在一般人看来很难做到的传统：职工工资每年都保持10%的涨幅。从而使职工切实在企业的发展壮大中得到实惠，实现小康。

投身公益教育扶贫

教育扶贫是在整个扶贫行动中重要的一环。历年来，黄土坡集团同样重视对教育事业的支持并为之做出了积极的贡献。脱贫攻坚战役开始以来，黄土坡集团更是按照县委县政府的统一安排，主动对接在沁源一中建档立卡的贫困生50名，由企业每学期资助每名贫困生1000元。集团党委书记王俊峰还自掏腰包，亲自对接帮扶3名贫困家庭的高中生完成了学业。除此之外，每年的教师节、六一儿童节这两大节日期间，黄土坡集团也都要向周边4所学校捐资助教，每年捐款额度为1万元左右。到了冬季，为了确保教师学生安然过冬，黄土坡集团坚持每年给周边这4所学校赠送煤炭100余吨。此外，每年高考过后，黄土坡集团还有一项必做的善事，那就是要向本企业内部职工子女和驻地周边9村贫困家庭子女所有考取二本以上的大学的提供每人2000元的奖学金。并为品学兼优的贫困大学生提供实习平台和每年20000元的助学金。

对接联系精准扶贫

2017年的沁源脱贫攻坚战役是一次硬碰硬的实战，更是一次对企业与企业家道德良心与社会责任感的考验。作为共产党员，作为中共长治市第9、10届党代表和长治市第12、13、14届人大代表，黄土坡集团党委书记董事长王俊峰在脱贫攻坚"百企帮百村"行动中积极带头，深入调研，精准发力，做到了行动快，效果好，影响大。一是指派骨干党员干部入驻县脱贫攻坚指挥部，协助搞好全县贫困户摸底调查对接工作，从而加快脱贫摘帽进程。二是利用国家治理采煤沉陷区的契机，积极对接当地政府，对大山深处处于采煤沉陷区、交通饮水极不方便的纽家庄自然村实施整体搬迁，向66户村民进行房屋拆迁、土地和果木补偿、移民安置房建设投入资金598万元，彻底改变了这个村子整村贫穷落后的状况，使其一步到小康。三是投资30万元改造小岭底村10间房屋为庭院式住房，解决了4户特困无房户的居住安置问题。四是通过资助、赞助、捐赠等形式，向县域内10个乡镇14个行政村投入扶贫资金600余万元，帮助这些村庄解决了街道硬化、堤坝砌筑、古迹修缮等惠民工程的资金缺口问题。

立足实际产业扶贫

"授人以鱼"还是"授人以渔"？黄土坡人选择了既要前者，也要后者。在扶贫的问题上，更重要的是因地制宜，因人制宜。不仅要输血，更要帮人修复造血的功能。因为只有这样，才能使贫者永久脱贫，走向小康。譬如说，他们注册成立自己的旅游文化公司，所针对的就是帮扶对象两个乡镇官滩乡和景凤乡都是林业大乡，都有美不胜收的绿水青山的具体情况，尤其是官滩乡紫红村旧村所具有的独特的苍鹭聚居区这一当今世界都少有的观鸟盛景，还有旧村腾空之后所保留下来的具有20世纪五六十年代建筑风格的几乎完整的乡村建筑，这些，对于旅游开发都具有特殊的价值。在这里，有必要说一下苍鹭这种已经被列入世界濒危物种名录的鸟儿，其在中国的总数量也不过万只，但是在沁源在官滩却是一种常见的鸟类，紫红村外沁河边上的一个山头更是成为它们的聚集区和繁殖之所。当地流传着一个现实版人与鸟儿的"童话"故事。

前面我们已经说过，紫红村是沁源全县唯一的省级"贫困村"，正是在这个贫困村的村边，有一座长满苍松翠柏的小山头，此山与沁河相连，与紫红村的旧村也仅有一水之隔。在过去很长一个时期，苍鹭就已经是这座山头的常客。这些候鸟们，每到春暖花开便结伴而来，在这里生儿育女，繁衍后代。而一到秋末，天气凉了，它们便又成群结队地向南飞去，到温暖的南方去过冬。可是，有一年，也就在沁源县脱贫攻坚战役开始前的那一年，冬天到了，鸟儿们应该南飞去了。可是有一只苍鹭却因为翅膀受伤而不能飞翔，不得不留了下来，眼看着同伴们南飞而去，只留下它自己孤身伫立。可以想见，这只受伤的鸟儿是多么的孤独，多么的哀伤！谁都知道，一只没有捕食能力的苍鹭是绝对熬不过这个冬天的，或者，就连眼前的日子也是很难维持的。可是，谁也没有料到，就在大批苍鹭离开的第二天，人们却看见一只健康的苍鹭又出现在那山头，出现在河水边，它不辞辛劳地在河里捕鱼捉虾，将这些食物送到那只受伤鸟儿的身边。这情景引起了人们的关注。日复一日，人们总看见那只健康苍鹭在河边与山头间飞来飞去，也有人看见那只受伤的苍鹭渐渐走出了巢穴。可是，天更冷了，三九将近，河水结冰，直到有一天，任凭那只健康的苍鹭用它那强健的喙狠命敲击也再不能啄开那厚厚的冰面，两只苍鹭面临的，将会是什么？就在这时，全沁源最贫困的紫红村里的人们却将他们对自然和鸟儿的爱发挥到了极致。每一天，都有人准时将切好的青菜萝卜玉米等等的食物悄悄地送到那只健康的苍鹭可以够着的地方，而它也会准时地将食物转送给巢穴中的同伴——也许那正是这只鸟儿不离不弃的情侣。

就这样，两只苍鹭在人们的帮助下度过了那个艰难的冬天，直到又一个春天来临，迎来了从遥远的南方飞回的鸟群。也正是从这个冬天开始，近些年来，即使到了冬季候鸟南迁的季节，不少苍鹭也依旧不舍这块美丽的家园，留了下来——这里的人们在冬季能够看见这种鸟儿！为了充分利用和开发这种宝贵的资源，也为了绿色沁源的总体发展，在征求沁源县旅游局等专门方面的意见和建议之后，黄土坡集团对此给予了特别的关注，注资5000万元，适时成立了旅游开发公司，主题所在，就是和对接的两个乡镇的领导一起，认真考察，制定规划，倾力开发官滩景凤两乡绿水青山旅游项目。此事经向县委县政府领导专题汇报，也受到积极的评价。

具体合作的内容，一是与官滩、景凤两乡共18个村签订合作开发旅游战略帮扶协议，投入114万元开发特色旅游景区，使当地集体经济收入实现了零的突破。二是吸收紫红村280万元股金，以分红的形式合作开发该村旧村旅游项目。为此又专项投入60万元启动紫红旧村接待中心、餐饮中心、度假别墅、观鸟平台的一期工程建设，打造乡村旅游扶贫实体产业。三是注资700万元，控股中峪乡龙头村神福湾农业开发有限公司，以"油菜花种植+旅游观赏+食用油加工"的模式，带动当地农业产业经济发展。这些项目投产以后，可以实现年利润200余万元，创造社会效益1000余万元，也可以为乡村脱贫后的经济发展奠定坚实的基础。

而在官滩、景凤两乡之外，黄土坡集团还针对集团所在地周边各村和帮扶对象的发展状况和自然条件，先后帮助土岭底村发展光伏发电和养牛场的建设，帮助龙头村发展原生态黑猪销售，帮助琵琶园村发展绿色蔬菜大棚等，为这些产业的投入也超过100万元。

银企联动金融扶贫

长期以来，黄土坡集团在金融系统享有良好的信誉，为了脱贫攻坚，王俊峰主动提议，凭借自身信誉，与农商银行、农业银行、长治银行等部门建立合作关系，为贫困户提供小额信贷，由黄土坡集团总体接受沁源县13个乡镇931个精准贫困户小额信贷4655万元，贷期3年，每年6%的资产分红，金额总计325.85万元。

在沁源2017年的脱贫攻坚战役中，类似沁新集团、通洲集团、黄土坡集团这样民营大中型企业还有许多，我们在这里只是撷取这大潮中的浪花几朵。而除了这些大中型企业之外，那些小型和微型民企在整个脱贫攻坚战役中所起的作用也绝对不可以小觑。而在此其中，张慧斌和他的合欢本草谷绝对要算不得不写的一个范例。

9. 张慧斌与合欢本草谷

要写长征村的张慧斌，其实有许多种写法，因为这个村庄这个人在我来说那是太熟悉不过了。早在50年前我在村里当村干部的时候，这个长征村我就经常去的。两个村子相距不到五里地，地界比邻、山水相连，是真正的同饮一河水，同烧一山柴，甚至地垄之间犬牙交错，你中有我，我中有你。对于长征村，在我以及我那个时候的人们印象中，只能用三个字形容："不起眼"！

一切的变化都始于张慧斌这个"年轻人"。

今年45岁的张慧斌是标准的70后，有大专文凭，现在正在函授本科。像当今农村好多年轻人一样，张慧斌高职毕业之后的第一选择也是外出打工，不过稍微有点特殊的是，他这个打工的单位都与农业和农村有着不可分割的血肉关系——沁源县钻井队，也就是隶属于县水利局的一个工程队。从根本上说，这个钻井队和农村是连在一起的，但是经济上要比纯粹的农民强很多。然而，张慧斌是一个有头脑、有抱负的人，打工生活对于他来说只是一种历练，一种经历，而不是目的，不是追求。所以，10年之后，2005年，在钻井队干得顺风顺水的张慧斌突然辞职，要回农村去干一番自己的事业。干什么呢？张慧斌创立了自己的水泥预制件厂，因为他看准了当时蓬蓬勃勃的基建高潮。与其不远千里到外地去买别人的水泥预制件，何不就地取材在自己的地盘上开发此项产品呢？白手起家，张慧斌的预制件厂一炮打响，而这个小小的预制件厂一启动就带动了长征村36户共160口人的经济发展。那当时，最明显的例子，村里原先有个小卖部，要说生意也不错，每天买东西的人挺多，因为村人大都很穷，大半是赊账，赊来赊去就把个小卖部给赊垮了。而自从张慧斌的水泥预制件厂一开张，这小卖部立马重获生机，村里另外还新生了一家更大的便利店。现在回过头来看，似乎张慧斌当初回村办这个预制件厂，就已经是在探索着实践着以产业促脱贫的道路了。

　　时光流转到2011年，新的情况出现了，当时的交口乡党委和政府找张慧斌谈话，希望他能够站出来承担一些村里的工作。本着对家乡的热爱，对乡亲的负责，张慧斌毫不犹豫就答应了。结果，当年村主任选举，张慧斌第一次参选就以高票当选。

　　肩上有了担子，就要心有所想，眼有所望。张慧斌和村两委班子在自己从小到大不知走过多少遍的"地盘"上认认真真又走了一遍，他的心情也由阴郁而开朗起来。张慧斌看到，这些年来，村子周边山坡上那些曾经上好的耕地好多撂荒了，曾经的荒地更是成为连走都走不进去的荆棘"重地"，而这些地有多少呢？光是可耕地就有800亩之多，如果加上宜种林地和坡地竟然有5000亩之多。这么多的土地却为农民所放弃，岂不是滑天下之大稽？放着这么多的土地不去利用，不去开发，那还叫农民吗？捧着金碗讨饭吃，这样的事情再也不能继续下去了！也就在那个时候，张慧斌立下了誓言，从此把全部的精力和心智投入到生于斯长于斯的这块土地上，让家乡的土地为家乡的人民创造福利创造幸福。结合自己多年来走里出外的经历和见识，张慧斌提出在经营好现有耕地的基础上，在荒地上种连翘。这当然是一个切实可行的项目，是沁源人都知道，太岳山本是一座处处都可以长出中草药的好地方，连翘更是多到秋日里让你采不完的程度，但是，纯野生的连翘药性虽好，品相却差，很难卖上好的价钱。对此，张慧斌在专家的指导下，首先在800亩撂荒地上做文章，请专家将经过改良的品种播撒在这片土地上，并为这个项目起了一个颇有深义的名字：合欢本草谷。结果是，这第一炮就此打响，张慧斌和长征村合欢本草谷的连翘一下子就赢得了市场的赞誉。第二年，张慧斌通过参观学习，引进了先进的立体种植模式，大力发展林下经济，在连翘地里套种黄芩，再次取得成功。

当今天人们在长征村的合欢本草谷流连忘返的时候，也许并不知道这成功的背后还有许多的艰辛，许多的挫折。但世界上任何新生事物的成长又怎么可能一帆风顺？只是张慧斌从来也不肯把这些告诉于人，他只是和我说："我们成立了合作社，一开始可不是像今天这样不仅本村人都要参加，就连外村的也想方设法要加盟。那时候，我们是向群众无偿提供种子和科学技术指导，并做出保底回收的承诺后，才有人相信我们，愿意加入的。"也就是说，作为这个合作社的创始人，张慧斌对群众的承诺那是要用真金白银作保底才可以的。幸亏张慧斌有所积淀，为了这个中草药的种植，他几乎耗尽了腰包里的家底，好在终于挺过来了。

2017年，沁源县脱贫攻坚战役正式拉开序幕，此时已是党支部书记的张慧斌更感觉肩上责任重大。这一年，他将全村55户建档立卡的贫困户全部吸纳到合作社来，通过在合作社的劳动所得，55户贫困户全部顺利脱贫。不仅如此，通过交口乡党委政府和县领导的牵线搭桥，张慧斌的中草药种植合作社还带动了范围涉及6个乡镇22个行政村共207户510口人的贫困户顺利脱贫。张慧斌说："这样的合作方式，有利的可不只是参与合作的贫困户，同时也给我们一种向着更大目标迈进的机遇。譬如说，长征和正中，比邻而居，通过合作，我们扩大了规模，增加了在市场上的话语权，而正中则增加了收入，扩大了多种经营的渠道。两厢得利，何乐不为？"

如今的长征村合欢百草谷，已经不再是连翘的一统天下，而是连翘、黄芩、柴胡、桔梗、苦参、黄芪、蒲公英、牡丹、芍药多品种共有，以连翘为最多的中草药百草园。而合欢谷也不再是单一的中草药种植基地，而是一处真正的乐享福地，人间胜景。进得村来，映入你眼帘的当是那无边无际的绿荫与一路相随的画廊。画廊画工不凡，内容则为从古至今有关中医中药的许多知识与传说。

2017年沁源脱贫攻坚战役以来，在县委县政府的支持与专家指导下，张慧斌与长征人以长征精神干事业，前进路上不停步，依照自己的"乡村振兴规划"，对合欢本草谷的产业进行了大胆而精密的设计。他们依托成熟的中草药加工技术，引进药妆品生产线，聘请专家打造纯植物护肤品及特色食物饮品，对健康产业提供了优质的物质链条，由此而形成以中药材为核心内涵的综合生态旅游区。他们的产品——"沁兰舒"中草药化妆品也成为游客竞相选购的珍品。以此为核心，长征村又打造出系列生态健身乐园：

草本乐园。主营果蔬采摘。香草布道，每年5月之后，11月之前，您到此处，便可随意采摘，早期的黄瓜番茄，入夏的桃李杏子，秋日的玉米南瓜……甚至在冬天，还有大棚草莓。每一次，都会让你乐在其中，乐而忘返。

孙思邈文化廊。以中医文化为主线的一组古建筑群落，将具有数百年文化传统的长征村古建筑与中医药文化有机结合于一体，让您在游乐之中感受中华医药文化沁源地方特色古建筑文化的熏陶。

百草茶馆。长征村的特色茶道。装饰复古、茶道亦复古的这个茶馆，既是游客品茶的悠闲场所，也是人们商务洽谈的上佳之地。

五行音乐健康馆。消闲中的消闲。典雅民居之中，古琴悠悠，环境优雅，沉浸在音乐之中，足以涤荡世俗生活的倦意了。

芬芳手工馆。又一个创新式旅游项目，也是城里人在这个山村体会用劳动换取美丽的一种享受与尝试。在这里，您可以在技术人员的指导下，用您自己的双手操作机器，将新鲜的土豆制成一盒盒的化妆品，再亲手带给您的亲人。

农家乐。可口的农家饭菜，舒心的面食系列。笔者就曾经在这里品尝过长征村特有的牛肉丸子，牛是自家散养的牛，菜是祖上传统的菜，真是让人恋恋不舍，难决去留。

这就是张慧斌和他的合欢本草谷，这就是一代新农民振兴乡村的实践。就在这部报告文学正在写作的过程中，笔者偶见新华社记者孙亮全用中文和日文同时发表的对长征村与张慧斌的长篇报道。报道的特色是图文并茂，虽然只有冬日的景象，却可以使人有一种进入春天的感觉。正如同笔者在前面说过的那样，这位新华社记者正是那种到长征村来过一次便想来第二次，来过两次还又要来第三次的人。孙记者说，2017年以来，他已经是第三次来到长征村，欣赏这里的一切，惦念这里的一切。因为，这个山村的变化让人不能不感慨，一年一个样的长征村，应该也是我们所期盼的中国农村真正振兴的一个缩影吧。

张慧斌与长征村是优秀的，但在沁源，在沁源脱贫攻坚战役中像张慧斌一样扎根在村里做出杰出贡献的企业家和领头人可非止一二。王鹏就是在好些方面与张慧斌有相似之处的一个。

10. 王鹏与郭道中草药

王鹏，55岁，沁源县法中乡董家村人。现如今是郭道镇的中草药种植大户。大到什么程度？2019年的10月，笔者曾经实地采访过王鹏本人，并在郭道镇党委书记孙晓晔的陪同下参观了王鹏的种植基地。

那是一个晴朗的秋日，从郭道镇中心出发，走不到两千米就可以看到222国道两旁一片片或金黄灿烂，或火红动人，或五彩缤纷的花海花坛。孙晓晔告诉我，这些，都是王鹏的中草药。花开时风景如画，花落时硕果累累。我说是否可以下车观赏一番？王鹏却道："如果这样普通的花儿也要看，那你得准备看一天的时间。"

只能作罢。但在我的心中对王鹏却多少有一点怀疑：这老兄是否有点吹牛？然而，仅仅10分钟之后，这小小的怀疑便被眼前的现实给彻底打消掉了。东阳城沁河边上一片又一片连绵的土地上，我们进入到红色的海洋之中。是的，这是鸡冠花的海洋，随着地形的起伏，红色的花朵如波似浪……这花状如鸡冠，却如人脸般大，花茎将近成人般高大，可谓少见。然而，这花可是药材，是在市场上价值不菲的好药。我问王鹏："王老板，你这么多的鸡冠花可能卖得出去？"王鹏告我："咱这是酒香不怕巷子深，早已订购出去了。"

那么，王鹏的中草药何以长得如此之好呢？王鹏自己总结了4条：首先，政策支持。县里制定的中草药扶持政策给他撑了腰，壮了胆，让他敢想敢干。政策上的红利既是有形的，也是无形的。自己能做这么大，在目前情况下，没有政策性贷款是不可能的。因为好多钱需要在春天付出，而你的收益却在秋冬。其次，科学保障。自己请了山西农业大学的王玉庆教授做顾问，这等于是给本身已经有几十年中草药种植经验的王鹏加了一道保险。一切可能的病虫害都防御在前，这就保证了王鹏的中草药只能成功，不会失败。第三，乘势而上。中草药种植绑在脱贫攻坚的战车上，二者有机结合，调动了广大农民的积极性，种植面积的扩大再也不是什么难事了。最后一条，保证品质。但凡与王鹏签订了种植合同的农户，一律不得使用化肥，这就保证了药材的品质。所以，山西省药科所和几家收购商对王鹏的草药那是有多少要多少。

在随后的采访中，王鹏最坚定的支持者孙晓晔告诉我：王鹏的中草药种植面积已经达到3000多亩，其中绝大部分是和农户签约，由王鹏提供种苗和技术，农户按章经营，最后由王鹏统一回收，以此带动贫困户脱贫。为了扶持王鹏的中草药种植计划和脱贫攻坚，镇政府先后给王鹏注入资金30万元，以用于贫困户带资入股。对于由王鹏做龙头的中草药种植产业，郭道镇也有着统一的规划。其中最突出的一点就是将刚刚交付使用的沁河第一库——永和水库的周边1000米以内沿岸长达10公里的山头和滩地统一规划为中草药种植基地。沁源县郭道镇的中草药在历史上即有两大特产：一为绵黄芪。所谓绵黄芪，专指出产自沁源县郭道镇以绵上村一带为核心区域方圆不过数十平方公里范围内的黄芪。一为沁党参，即沁源山上的党参。这两样草药历来都是供不应求，但在沁源当地却从未形成大的产能。2018年以来，郭道镇党委政府针对当地产业调整的步伐开始大力迈进，于是，在镇党委和政府的统一部署下，水库周边几个村庄，几千亩土地的规划纳入了整体的程序。

"我们的规划，是以一库两带为枢纽的。所谓一库，就是永和水库，而两带是指沿222国道公路带和沿紫红河沿岸带。在这三个范围内，形成几个大的中草药示范区。譬如，伏贵一带将是柴胡示范区；绵上，黄芪示范区；郭道，丹参示范区；西阳城，柴胡示范区；还有梭村，防风示范区；水库坝上，360亩金银菊，既美观又实惠，观赏价值和经济价值双丰收。"孙晓晔介绍说。

以科学促产业，以产业带脱贫，王鹏做了一个好的榜样，而郭道镇的规划无疑为这种操作提供了一切保障。

11. 社科乐园有田斌

田斌，一位响当当的人物，一位乐善好施的汉子，当然也是一位有眼光，敢想敢干的新型企业家。说起田斌，按照他个人的想法，其实更想做的是远山近水，周游天下，用自己的镜头去记录这个时代和自己的人生。所以，田斌还有一个不挣钱反而每年倒是要贴进去不少钱的"职务"——沁源县摄影协会主席。那可是几十上百名摄影师和摄影爱好者一人一票选出来的。田斌不想当也不行，当然这个结果出来以后，田斌也就半推半就地把这个"官"给当了起来。

当然，我们这里说到田斌，多少也与他的这个业余爱好有关。正是在沁源县脱贫攻坚战役打响的2017年，田斌开始了一次"豪赌"：把多少年来劳心费力打拼积攒下来的老本去注册成立一个什么旅游公司，做一个根本不可预测前途的项目。这个公司，就是如今风生水起的沁源县美丽乡村旅游服务有限公司；这个项目，就是如今令许多人羡慕，使许多人一来就不想走的景凤乡社科休闲农庄文化旅游项目，也可以叫作丹雀小镇。也许有人会问："社科，是社会科学的那个'社科'吗？"是的，您没看错，的的确确就是这两个字，但它还真不是田斌或当今的其他人给"强加"上的。这个小小的山村，它的本名就叫"社科"。严格地讲，社科这个村子是因为它的古老与破旧、贫穷与落后而在前几年列入国家整体移民计划的。2017年以前，村子里几十户人家中的绝大多数已经搬迁到新村，整个村子只留下两户坚决不搬。也就是说，这基本上也就是一个废弃的村庄。但是，田斌不这样看。这些年来，走里出外，跑遍了大半个中国的田斌是越发地热爱自己的家乡了。家乡有山有水，水绿山青，凭什么就不能建成像江南一样的田园小镇？所以，田斌把社科看作是一次机会，他要在这被遗弃的村庄施展自己的才能，贡献自己的力量，为家乡的山水再添一抹靓丽的颜色。

旧村房屋破旧怎么办？田斌请来正规的设计师，按照传统美学和现代生活设施相结合的原则进行整体规划，那真是一副"待从头收拾旧山河"的气派。两户不愿搬迁的村民怎么办？田斌不强不怨，把他们纳入旧村改造的队伍中来。整个村子，电线电缆全部入地，污水废料无害化处理，还有大型多功能活动室，四星级酒店的餐饮标准，现代化的厨房设施，但从外表上看，却整个儿就是一座20世纪60年代的太岳山中最普通的村庄，窑洞、土炕、八仙桌、石碾、石磨、炕围子、土墙、蓝瓦、木牌楼，让人们一进入到这个世界就会依稀想起曾经的那个时代。而当你真正进得屋内，上得餐桌，你又会恍然在进行穿越。这就是田斌的真实，社科的真实，小桥、流水、奇石、瀑布、鱼游、鸭叫，好一幅田园山水、村野遗迹图画。

在这新村的外围，又是别一番风景。村前的滩地上，种满了牡丹、芍药、金银花和荞麦，春日里，海棠与二百三十亩樱花争相斗艳；夏日里，牡丹盛开，芍药芳香；而到秋季，百花凋谢，荞麦花却开了，粉红的茎秆，白色的花朵，格外引人注目，深秋时节，荞麦该收了，山上的十月菊波斯菊又在绽放风采。即使是严冬腊月，这山村房前屋后的青松翠柏也给人以青春不老的豪情与意念。

为了这个工程，田斌总的投资计划达到人民币1.5亿元之多，截至目前，刚刚第一期工程即已投入4000万元，目前，他的第二期规划已经开工，投资预算为3000万元。工程主体为附近以韩家窑为主的几个自然村的改造和可容纳上百辆房车的房车营地。这房车营地用来干什么？其实我们已经说过，在景凤，一年一度的帐篷旅游文化节正是来自省内外房车聚集的日子，而田斌的社科新村也必定会是房车旅游的上佳选择。需要说明的是，田斌所有的行动都得到了中共沁源县委县政府的大力支持和鼓励，也得到更上一级政府的表彰，就在笔者前去采访前不久，田斌已经拿到国家林草总局颁发的"森林人家"证书，把社科农庄这一新生事物办成可以让全国人民信任的康养基地，那才是田斌真正的想法。

田斌和他的社科新村在全面建成后将具备9个功能区，分别为：森林康养培训区，乡村记忆精品民宿区，高端康养别墅区，果园采摘区，花园观赏区，旅游体验区，鱼塘垂钓区，森林越野拓展区，还有一个天神山佛教文化体验区。仅此一个项目，在其最早开始的时候已经带动了精准贫困户36户共50人于2017年摆脱贫困，成功摘帽，所有这些在小镇在新村工作的贫困户都可以得到每年6000~20000元不等的工资（工作时间不同，工种不同）。而田斌还将要开始的第三期工程规模更加宏大，到时将长期提供至少150人的就业岗位，也将为整个景凤乡的乡村振兴做出自己应有的贡献。到那时，我们听到的喜讯也必是更加动人。

余韵正浓

正确的政治路线，坚强的干部队伍，务实能干的榜样，是沁源县脱贫攻坚三者缺一不可的综合条件，也是这一战役得以保障胜利的有效法宝。站在历史的高度，我们回过头来看这么一场脱贫攻坚战役，其结果是辉煌的，其过程是艰难的。作为省定贫困县，2017年成功摘帽脱贫，是中共沁源县委县政府践行党的十九大精神和习近平总书记扶贫开发重要论述，全面贯彻落实中央和省市脱贫攻坚重大决策部署，全力实施精准扶贫、精准脱贫的基本方略的决定性举措，是面向省市、面向全县16万人民的庄严承诺，是历史赋予这一代共产党人的光荣使命。在这一艰难的过程中，沁源的党委政府和各级领导干部，沁源人民群众充分发扬了当年沁源围困战的革命精神，一往无前，舍我其谁！特别应当指出的是，在2017年9月开始到这年年底的那一段日子里，三个战区的干部群众，在县委县政府的高标准部署、高质量要求下，层层严要求，勤督查，真正体现了一个革命老区的精神风貌，传承了老一辈革命家全心全意为人民、舍生忘死无所惧的优良传统，也打出了一场漂亮的突击战，围歼战。正是从这个意义上说，沁源的脱贫攻坚，就是一场现代条件下的对于贫穷落后的"沁源围困战"。

在这样一场宏大的战役中，沁源涌现出了许多优秀人物，先进分子，留下了许多可歌可泣的动人故事，从写作者的本心来说，笔者当然愿意把这一切用文字尽可能地记载下来，让他们流传下去，然而，种种条件所限，更多的事更多的人都还没有写到，而采访的那些英雄们，包括共产党员和群众，男人和女人，他们绝大多数都只愿意讲述别人的事迹，而绝少主动提到自己，故而我们的采访，我们的文字，无论你多想更全面更完整，但到头来只能是挂一漏万，留下遗憾。

沁源的脱贫攻坚已然取得了全面的胜利，但这项工作仍在持续推进。据不完全统计，2017年，沁源县在脱贫专项的资金投入达1.8407亿元，切实把有限的财政资金用在了"刀刃"上，从而保证了各项政策的有效落实，也保证了脱贫攻坚战役的全面胜利。2018年，他们摘帽不减扶贫力度，再次整合涉农资金1.04亿元，持续跟进重大扶贫政策的落实，主攻产业扶贫，支持壮大了以食用菌培育、中药材种植等为主体的一大批特色农业产业项目，强化了全县范围内的"两不愁、三保障"。而在2019年,沁源县的涉农资金同样不松劲,仅在前11个月就整合涉农资金10565.91万元,确保了全年度所有涉农项目的顺利进行并达到完工率90%以上。沁源县的脱贫工作,真正做到了统揽经济社会发展全局,巩固提升脱贫成效,从根本上为脱贫摘帽不摘责任,不摘政策,不摘帮扶,不摘监管的"四不摘"奠定了坚实的基础。人民群众的生活获得感、幸福感、安全感得到了进一步的提升。

展望未来,沁源县委县政府又出台了一系列文件:

《沁源县2020年特色农业产业扶贫行动计划》;

《沁源县2020年干部驻村帮扶行动计划》;

《沁源县2020年教育扶贫行动计划》;

《沁源县2020年健康扶贫行动计划》;

《沁源县2020年文化和旅游扶贫行动计划》;

《沁源县2020年社会扶贫行动计划》;

《沁源县2020年科技扶贫行动计划》;

《沁源县脱贫攻坚特派员名单》……

所有这一切,都在为着一个目标:2020年是脱贫攻坚的收官之年,也是全面建成小康社会的目标实现之年。号角已经吹响,战旗迎风飘扬,中共沁源县委和沁源县人民政府,英雄的16万沁源人民正在铆足劲,蓄足势,向着伟大的目标进发!

后　记

　　《第二次战役》终于到了结稿的时候，我的心情却很难从采访与写作的亢奋中解脱出来。因为家乡的巨变，因为我深爱着的那块土地上发生的一切。回望这些年来我个人的创作经历，有一半是与沁源与太岳山沁河水有着密切联系的。从《沁源围困战》到《长江支队》，从《2019决战沁源》到这次的《第二次战役》，甚至从表面上看起来与沁源沁河太岳山毫不相干的历史传记文学《狄仁杰传》，那骨子里都透着浓浓的沁源风味，其中的一些风俗民情描写正是对家乡沁源的历史文化考证与浸淫的结果。有人说，你这个人也太有点儿眷恋你那个故乡了。这话说得不差，但是，在我看来，任何一个作家，尤其是现实主义作家都应该有一个属于他自己的生活圈，或者说就是人们常说的生活基地。一方水土养一方人，作家也一样。没有根基的作家，或许会红极一时，但他的没落也一定随风而至，因为没有根基的草即便长得再高，也是经不起风吹雨打的。而太岳山上的青松就不同，以灵空山的青松为例，最古老的，已经有六七百年的历史，几百年的大树，那要经历多少天灾异变，见证多少人间悲喜剧。正如一首老歌里所唱的：

　　他不怕风吹雨打

　　他不怕天寒地冻

　　他不摇，也不动

　　永远挺立在山顶

　　我为我是沁源人而骄傲，因为这是一方英雄的土地。沁源围困战的真实战史，已经载入中国人民解放军军史，也早已被誉为世界战争的奇迹之一，成为中华民族争取民族解放和民主自由的标志性事件之一。沁源人就有着这么一副硬骨头，两年半的艰难困苦，造就了沁源人宁折不弯宁死不屈的特殊品质，也给我们这些后人留下了一份沉甸甸的"遗产"。老实说，要想使自己从骨髓里精神上成为一个真正传承了历史传统的沁源人，在现实生活中并不容易。我这么说，也许有人不太认同，但真实的生活就是这样。举例而言，"富贵不能淫，贫贱不能移，威武不能屈"既是儒家文化对知识分子的基本要求，又是现实生活对中国文人的残酷考验。而这一条，恰恰是所谓"沁源人"在精神层面的应有体现。我们的前辈，我们的先烈们是这样的，譬如赵正中，在日本鬼子的高官美女金钱利诱面前，他的回答是什么？在敌人的皮鞭、屠刀面前，他的回答又是什么？是大义凛然，是威武不屈！我们，能做到吗？英雄，不是想象中那么好做，不是喊几句口号写几条标语那么简单。同样，英雄也不是凭借一时热血，一时义愤，一念之间就可以成就的。我的父亲，一位标准的老八路，1939年2月入党，1939 年 4 月参加八路军。需要说明的是，老人家的入党仪式是与赵正中同志在同一时间同一地点——当时的作坪村老共产党员（后来著名的抗日英雄）郭威成同志的家中举行的。我的父亲在党的教育下，在八路军这所大学校里成长，出生入死，战功屡立，这些都有老人家曾经发表于中央一级刊物《星火燎原》上的回忆录为证。后来，随着解放大军进城的脚步，父亲所在的部队集体转业，在省城组建了中共山西省委机要交通局，他担任行政科长。要知道当时的机要局只有两个科。按照现行的所谓"排名"那是在这个省局最少排前四五的人物。然而，资格老，功劳大，并不是居功自傲的资本，老人家也从来没有拿自己的资历向党要这要那。1962 年，中共山西省委要求省级机关干部到农业第一线去，支援农业上马。那个条件看起来很高，主要有两条：一，40 岁左右；二，具有农村工作经验。老父亲毫不犹豫就在全省邮电系统率先报了名。当年 6 月，在湖滨会堂省委召开表彰欢送大会，时任中共山西省委书记卫恒同志亲自给老父亲挂了大红花，当时说得很清楚，三年至五年，返回原单位。当时父亲是行政 16 级，正儿八经的县团级干部，回到沁源县，按说怎么着也应该安排一个副县级位置的，可是当时县里这一级位置满员，而父亲也说，咱回来是工作的，不是当官的，而且也就三五年，何必占人家一个位置呢？就这样，老人家做了县里的民政局局长，那是一个再标准不过的科级位置，可是父亲却从未对此有过一丝的不满。父亲很快就成了全县 2000 多残废复转军人和 24 位老红军的贴心人，因为他和他们有共同语言，那些老复转老残废军人们从此再也没有闹过事。这个情况是我 1965 年后在县城上高小时星期天经常到父亲所在的县政府大院，听一些老领导说的。当然后来的事实也在在证明了这一点。这就是一个共产党员一个老革命对自己和对党的事业的态度。具体到我们家，我们这些"家属"，当时按政策完全应该留在太原的。可是父亲却认为既然他回县里工作，就要把家也带回去，省得两头跑耽误工作。于是，我们一家的城市户口成了农村户口。当时只有7岁，本在省城杏花岭小学该上二年级的我也就成了沁源县交口公社正中小学的二年级学生。再后来，高中毕业以后连个"知识青年"的名分都没有捞着，当然也就没有所谓"分配工作"一说。所以，年纪轻轻的我才有了村干部的经历，所以，我才对农村农田里面的十八般武艺样样粗通。今天看来，这似乎很"吃亏"的经历难道不正是人生最宝贵的资源吗？所以，我永远不能忘记我们父子俩的对话。当初，我对老父亲的一系列举动那是十分的不解，尤其关乎我们的户口问题和他老人家的工作安排问题。这些情况只要他找任何一个领导说一声，都会迎刃而解的。因为我知道父亲与省里的许多"大干部"都有着很深的交往，甚至是一块出生入死的战友。可是，面对我的疑问，父亲的回答却总是老三条：

一、咱个人的事怎么能找领导呢？

二、我当初和赵正中一起入党的时候，就没有想过还会有什么当官的一天。比起赵正中那样的烈士，我们已经很幸福了。

三、农村人怎么了？金子在哪都发光。

这就是沁源人，老一辈的沁源人，他们对同志，对战友，对那些社会的弱势群体可以无微不至，为他们争取点点滴滴的利益和荣誉，而对自己却总是严格要求，并把这种严格要求延伸到子女身上。当然，类似父亲这样的老一辈，多了去了，譬如围困二年半时期的中共沁源县委老书记刘开基同志，身居省委常委组织部部长的高位，却坚持要把北京大学毕业的女儿下放到沁源深山里面去放羊。注意，这位组织部部长的女儿所落户的村庄并非人们所熟知的知青点，因而也就没有那么些"管理者"，一切全要靠自己，自然也是要和乡亲们打成一片，否则，那是没法生存的。还有一位也是在沁源鼎鼎大名的老人——围困战时期的县游击大队大队长、围困指挥部副总指挥朱秀芝，新中国成立后，朱老已经进省城当了省建设厅的副厅长，可是，安逸的大城市生活、位高权重的官场显然与朱秀芝的追求不是一回事。老朱一个报告，要求重回太岳山，重回沁源县，跑到深山老林当了个太岳山林局的局长，这个最高算作处级的位置当然不能与厅官相比，但朱秀芝干得舒服。而且，正像我的父亲一样，老朱也把一大家子人从太原带回了沁源。现在，当我们为沁源的绿色而骄傲而自豪的时候，可曾有谁记起这位为了绿化太岳山，保卫大森林而奋斗献身的先驱吗？

我之所以要提到这些老人，这些陈年往事，只是要证明一条：真正的沁源人就是这个样子。不为名不为利，那是不为自己的名和利，他们也有要争的名要夺的利，那是党和人民的名和利。

我之所以要提到这些老人，还因为我听到了看到了在现实生活中，在我们的今天，一代新的"沁源人"正在成长，一个崭新的沁源正出现在我们眼前，而这是老一代沁源人梦寐以求的那么一种憧憬与追求，是他们为之奋斗终生的愿望与事业。那就是：把一个贫穷封闭经济落后的沁源建设成为一个富足繁荣开放先进的沁源。

《第二次战役》的采写过程，正是我——一个沁源人见证家乡巨变的真实记录。严格来说，这本书写到现在，写到结稿，已经大大超出了早先预期的计划，本书所记录的，已经不仅仅是2017年那个必将载入史册的沁源人民在中共沁源县委县政府的领导下向贫穷宣战并一举摘掉"贫困"帽子的热血时刻，同时也记录了时间行进到2020年春天的时候，沁源人民在乡村振兴的新征途上所取得的令人鼓舞的成绩。这其中当然是因为时间的关系，我采写这本书的时候，已经是2019年的10月，而当采写结束的时候，则到了2020年的春天。我们不能不"与时俱进"，沁源人民摘掉贫困的帽子不易，而他们在摘帽之后的这几年间所做的工作所取得的成就更加令人钦佩！作为一个沁源人，虽然身在异地，但我的心却从来都是与家乡的人民紧紧连在一起的。在这将近半年的采访与写作中，所见所闻，所思所问，让我不能不感动，不能不欣喜！我又能为家乡做点什么呢？我只能通过我的写作，把我所见到的听到的写下来，见诸当世，且留给我们的后人。我要为家乡歌唱，为家乡的人民歌唱，歌唱他们的新生活，歌唱他们为之奋斗的英雄气概。

《第二次战役》当然是作家个人的创作，但从另一个层面上说，它又绝对不是任何个人所能创作出来的文学作品。因为，这其中，凝聚了许多人的心血，凝聚了许多人的智慧。本书的采写进入高峰的时候，正巧赶上一个令人唏嘘的特殊时期——因新冠肺炎而引发的全国性防疫周期，这就使得有些必要的采访很难进行。而作家，一个现实主义的作家，是不能用客里空式的方法来胡编乱造的。我的创作，那是必须要对人对事对物有所了解、有所认识的情况下才可以进行的，凭空想象，不是不会，而是不能。而新冠肺炎给我们带来的问题就是，即便有了如今似乎无所不能的网络，我们可以和被采访者进行必要的视频采访，也可以千里万里之外的在几秒之内就把现成的文件传输过来，但说实话，这些对于创作来说还是太欠缺了。何况有的人，他天生就不习惯于和你隔空"喊话"。在这种情况下，是沁源县政协的朋友们对我的工作给予了极大的帮助。当然，在此之前的采访活动中，马建峰主席本人就已经给我以无微不至的关怀和照顾，并派出了精兵强将陪同我进行采访。最早，是我的老同学老学长韩炎章兄的公子如今县政协文史委主任韩晓辉同志，在后期，则是沁源县农业战线上的一员骁将，如今的县政协农村工作委员会主任马国威同志。马建峰主席委派这两个人加入此项工作，真是知人善任。以韩晓辉同志而言，他本人就是一个文痴，又勤于跑腿，每次采访，只要你提出一个大概的设想，他便会为你安排得妥妥帖帖，连同采访顺序，少跑路多干活这样的细节都要为你事先想到。而对于这一切，当你要说句感谢时，他又总是似乎有些腼腆地笑笑："郭老师，应该的。"然而，这应该不应该，又哪里有什么绝对的事情呢？后来，2020年元旦前后我又一次回到沁源采访的时候，因为公事繁忙，晓辉赶巧与我擦肩而过，我到沁源，他却到了太原。正当我为这一次的采访发愁的时候，马建峰主席为我派来了他手下的又一员大将：马国威。从年龄上讲，马国威要比韩晓辉大许多，而他的工作经验，尤其是农村工作经验也要比韩晓辉多很多。这位曾经两次出任乡镇书记兼乡镇长，后来又当过沁源县农委主任的老农业，对于整个沁源的农村工作可以说是了如指掌。和马国威将近一周的合作，在我来说既是愉快的，也是紧张的。所谓愉快，是因为从马国威这里，你可以有意无意之间便"淘"到许多闻所未闻的乡村轶事，也让人增长许多只有在实际工作中才可能收获的见识。虽然我本人也是一个沁源人，也曾在这里生长和工作过，但是，平心而论，进入新世纪之后的农村工作经验，那还真是个空白。在我的库存之中，有关农村与农民，实际上还是40年前的记忆，那种刻骨铭心的记忆。然而，时代前进了，今日之农村已不是我们记忆中的农村，今日之农民也不是我们记忆中的农民。举一个简单的例子，想当初，我们在农村的时候，有一个目标，也是一个阶梯式的任务，那就是按照《农业发展纲要40条》的要求去"达纲要""过黄河""跨长江"，也就是要实现纲要所要求的亩产粮食400斤、500斤、800斤。为了实现这个目标，当时最有效的办法就是多种高粱，因为那个时候在沁源，玉米算高产作物，但一亩最多也就六七百斤，谷子四五百斤，这是说好地、好肥料、好气候再加上好的经营才可以的，而高粱就算你不太在意，一亩也产个八九百上千斤。为了上产量，只好多种高粱，可是高粱种多了就会带来一系列的麻烦，做饲料用不了那么多，交公粮没指标，人吃又实在难以下咽，所以多种也不行。而现在呢？马国威告诉我，在沁源，玉米亩产1000斤那是少的。高粱则已经成了抢手货，因为沁源的高粱是上好的酿酒原料，以我们那个村子所在的交口乡为例，那里的高粱竟然是中国两家最著名的白酒企业茅台集团和汾酒集团争相购买的原料。又譬如说，我们那个时候，每年秋季，县武装部要发给各村民兵一批"山害弹"，那是真正的子弹，65式步枪子弹，后来还有56式半自动步枪子弹，真枪实弹，干什么呢？让你上山打山害，这山害主要就是指野猪，因为那家伙遭害起庄稼来可谓威力无穷，好好的丰收在望的一大块土豆或者玉米地，几十亩啊，来一窝野猪，一个晚上就糟蹋个光。所以要打这个山害，每到秋收时节，民兵们要组织起来"护秋"。而今天，"护秋"这个词在农村已经成为历史，野猪也因其是国家保护动物而受到人们的保护。所以说，在现代农业和农村的大量知识方面，与马国威同行的一周可以说是给我进行了大量的"营养输入"。这当然是使人快乐的。但也正是这些天里，白天采访，一早8点出发，到晚间七八点才结束，这样的行程安排，在我来说已经相当紧张，而到了晚上，又按照习惯要对这一天的行程以及相应的思维点写作点进行小结，难免又得加班，这样，一天折腾下来，差不多也就夜静子时了。连续作战，岂能不累？然而，这个累值得，也让人高兴。

回顾《第二次战役》一书的采写过程，让我欣喜的家乡变化有很多。这些年，关于沁源的信息是越来越多了，但真正身临其境从多方面观测多角度体会还是第一次。而现在，我可以说已经在盼望着这种采写的第二次，第三次了。因为，这样的深入生活，这样的观察体会，对于一个作家来说，实在是难得，实在是珍贵。它可以使我们的某种根深蒂固的认知发生几乎是颠覆性的变化，它可以使人的感性和理智产生飞跃式的统一。

曾经，我是自以为对沁源的历史沁源的文化所知不浅的，虽不至于有什么研究成果，但总觉得是有着那几十年的生活几十年的浸淫，应该是到达一定层次的了。然而，这一次在家乡的"游历"却使我的这种"自尊心"先是被粉碎得一塌糊涂，而后又迅速地膨胀起来。还是让我来举一个例子：琴泉与琴高，这是一个古老的话题。关于琴高真人，《水经注·卷二十三》记载：赵有琴高者，以善鼓瑟，为康王舍人。行彭涓之术，浮游砀郡间二百余年云云。一个能够在世二百余年的人，不是神仙那是什么？何况还有琴高乘鲤的传说。事实上，关于琴高，应当有更多的考证与思辨，譬如，作为赵人，他却供职于宋，这固然与春秋战国时期的人才流动自由有关，但作为康王舍人，又是一位琴师，琴高在宋国的地位与他的贡献究竟如何？而在琴高离开康王之后，曾经风光一时的这位宋国有史以来最有"作为"也最为疯狂的君主竟然很快就招致灭国，成为地地道道的亡国之君。这其中又有什么内在的联系？再后来，琴高来到沁源，扎根琴泉，后来有了与此相关联的琴泉书院等等，这几乎是一个完整的文化课题，需要下功夫认真做些功课的。可是，在此次采访之前，我对此其实是没有做过哪怕稍微认真一点儿的研究。为什么呢？因为我感觉自己对这个地方相当熟悉。这个村庄里有我从高小到高中最少10位曾经同窗数年的老同学。关于琴泉，当时我等最大的遗憾是听说有一个名胜，也是沁源八景之一的"琴泉晚照"，我等这一辈人是永远地见不上了，而明清时期好像有过一些名气的"琴泉书院"，也早已成为废墟。至于其他，那个村子那座山难道还有什么更吸引人的东西吗？

然而，当2019年冬日的一天，我在马国威先生和沁河镇副镇长李红丹女士的陪同下重访琴泉时，我才发现，自己对琴泉可真称得上"不知有汉，无论魏晋"了。

说实在的，今日之琴泉，实乃传统文化与现代文明完美结合的典范，也是新型农民对自己未来理想的大胆实践。琴泉山上，我们所见到的不仅是有关琴高真人的一系列文化演绎，更是当代农民对未来美好生活的大胆追求。那成山连片的绿色公园，那奇险迭出的天然景观，让每一个看惯了人造山水的城里人顿觉眼前一亮，也会让奔波外地的游子们备感温馨。正因如此，如果有人在此之前问我什么是乡村振兴的话，我的回答也许会稍有犹豫，而现在，在我采访了琴泉和距它不到7公里的沁源县水漾年华大型农业示范实验园区之后，我可以肯定地告诉所有关心农业和农村的朋友们，这就是我们梦寐以求的那么一种农村，那么一种农业。我们记忆中充满了农家汗水和欢乐的"三十亩地一头牛，老婆孩子热炕头"，或者更高级一些的所谓"楼上楼下，电灯电话"都早已成为过去式，而只有像琴泉的山水文化，水漾年华的科技农业才是我们可以预见的未来和出路。当然，我并不奢求所有的农村、所有的土地都以同一种方式实现向着未来的转型，但我们是否可以说，在所有的形式中，这样的形式起码应当算作最重要的一种模式。

前面提到，我们的采访因2020年年初一场来势汹汹的新冠肺炎而不得不暂停。全国性防疫期间，我当然也只好"深居简出"，"躲进小楼成一统"，过它一个有些"新鲜"，有些惆怅，有些孤独，有些无助的春节。但是，写作者这个职业又为我提供了某种意义上来说时间充足、空间安定的特殊时刻。既然不能探亲访友，那就让我们在万里如方寸的视频空间里亲切交流；既然不能促膝相谈，那就让我们在电波的联系下不断切磋。总之，大约从大年初三开始，我又再度忙碌起来，先后与十几位原先几度欲采访而不得相遇的扶贫忙人们，主要是那些奔波在第一线的扶贫工作队长、驻村第一书记们进行了尽可能详细的采访或聊天。这期间，当然也少不了我们之间必不可少的联络人——县政协的马建峰主席、张存辉主任、韩晓辉主任。反正这个事儿是把他们与我紧紧地绑在一起了。所以我说，这本书的创作绝不仅仅是作者个人的劳动，更是一个密切合作的集体共同的产物。

发生在2017年的沁源脱贫攻坚战役，已经过去一段时间，但是令人欣慰的是，作为这场战役的组织者指挥者，中共沁源县委县政府的领导层的头脑始终是清醒的，他们深知，成功脱贫，只是阶段性的胜利，在接下来的工作中，还需要全县党员干部和人民群众更加努力，继续奋斗。巩固脱贫成果，增强造血功能，防止某些地方脱贫又返贫将是一个更加艰巨更加漫长的过程。为此，早在2018年的时候，他们就马不停蹄地行进在与这场战役密切相关的更高一个层次上，根据党中央、国务院《关于打赢脱贫攻坚三年行动的指导意见》和山西省委省政府的具体实施意见，结合本县实际，紧紧围绕"绿色立县，建设美丽沁源"的战略部署，全力推进脱贫成效巩固工作，大力实施乡村振兴战略，将"脱贫攻坚驻村帮扶工作队"更名为"脱贫巩固乡村振兴驻村帮扶工作队"，第一书记更名为"脱贫巩固乡村振兴驻村帮扶第一书记"，这一改动，无疑充分体现了沁源县委县政府一往无前不获全胜绝不收兵的决心。而在接下来的实际行动中，他们更是下大力气持续抓好产业发展，持续推进就业增收，持续办好民生实事，全方位地在脱贫的基础上实现乡村振兴，着力将沁源打造成为"全域旅游大乐园，全域度假大游园，全域康养大田园，全域美丽大花园，全域友善大家园"。也可以说，所有这一切，目前正在顺利发展，并在许多领域取得了令人瞩目的成果。沁源人民，正在以他们一以贯之的精神风貌和战斗意志奋战在开创绿色沁源、英雄沁源崛起新局面的道路之上。

图书在版编目（CIP）数据

第二次战役：沁源县脱贫攻坚纪实／郭天印著. —太原：三晋出版社，
2020. 11

ISBN 978-7-5457-2178-2

Ⅰ. ①第… Ⅱ. ①郭… Ⅲ. ①纪实文学－中国－当代
Ⅳ. ①I25

中国版本图书馆 CIP 数据核字（2020）第 236028 号

第二次战役：沁源县脱贫攻坚纪实

著　　者：郭天印
责任编辑：阎卫斌
责任印制：李佳音
装帧设计：阎宏睿

出 版 者：山西出版传媒集团
　　　　　三晋出版社（山西古籍出版社有限责任公司）
地　　址：太原市建设南路 21 号
电　　话：0351-4956036（总编室）
　　　　　0351-4922203（印制部）
网　　址：http://www.sjcbs.cn

经 销 者：新华书店
承 印 者：山西人民印刷有限责任公司

开　　本：720mm×1020mm　1/16
印　　张：12
字　　数：150 千字
印　　数：1—10 000 册
版　　次：2020 年 12 月　第 1 版
印　　次：2020 年 12 月　第 1 次印刷
书　　号：ISBN 978-7-5457-2178-2
定　　价：56.00 元

如有印装质量问题，请与本社发行部联系　电话：0351-4922268